La capanna...

Settembre '07

"In Bocca al lupo e Ricorda Ti voglio bene

Vasco"

ROMANO BATTAGLIA

La capanna incantata

RIZZOLI

Foto di Stefano Sabella
Grafica di Italo Brasa

ISBN 88-17-85016-0

Prima edizione: maggio 1995

La capanna
incantata

Sirio era un uomo solitario: viveva in una vecchia capanna in mezzo al bosco, ma vicino al mare.

Sirio era un uomo solitario: viveva in una vecchia capanna in mezzo al bosco, ma vicino al mare. Aveva navigato a lungo, aveva fatto il pescatore, e si era guadagnato da vivere riparando e dipingendo le barche in secca durante i mesi invernali.

Raramente qualcuno si fermava davanti alla sua capanna che si scorgeva appena tra le piante, nel folto delle siepi e dell'erba alta.

Pochi sapevano come viveva, come passava le sue giornate. Alcuni pensavano che si fosse ritirato a quella vita solitaria per una delusione d'amore che aveva provato in gioventù. Altri sostenevano che era un vagabondo, che non aveva mai navigato, che tutto quanto raccontava era soltanto il frutto della sua fantasia o di qualche bicchiere in più che aveva bevuto.

Io, invece, conobbi Sirio da bambino, avevo appena sette anni; veniva a casa mia quasi tutti i pomeriggi della domenica a fare merenda. Mia madre gli scaldava un piatto di minestra e metteva sulla tavola un po' di formaggio, una pera e il vino bianco dell'ultima vendemmia che gli piaceva tanto. Si sedeva sempre al solito posto del tavolo in cucina, mangiava molto lentamente, gustando quelle poche cose come se fossero state le più buone del mondo; poi, quando aveva finito, arrotolava una sigaretta di tabacco forte e, fumando, incominciava a raccontare.

Mio padre e mia madre erano persone semplici, ascoltavano in silenzio tutte le meraviglie di quei mondi lontani e sconosciuti che nascevano come per incanto da quelle storie fantastiche che l'uomo creava.

Nei tardi pomeriggi delle domeniche d'estate, quando il sole era ancora alto, Sirio mi prendeva per mano e mi accompagnava al teatro dei burattini che teneva i suoi spettacoli in una piazza poco distante da casa mia.

Indossava sempre un abito grigio, sdrucito, e stringeva nella mano destra un bastone di legno. I lunghi capelli si univano alla barba grigia e lo facevano somigliare a uno di quei profeti che vedevo raffigurati nelle illustrazioni dei libri di scuola.

Mi faceva sedere sulle panche di legno con gli altri

ragazzi, mentre lui andava dietro la tenda della baracca a dare una mano al suo amico burattinaio. Assieme inventavano favole: quelle di Sirio erano sempre le più belle. Quante ne ascoltai in quei pomeriggi! Fra tutte, però, me ne è sempre rimasta in mente una, quella del delfino che, dopo aver seguito un veliero, era entrato nel porto e aveva incominciato a nuotare in su e in giù per il canale fra lo stupore della gente.

Doveva aver trovato un ambiente in cui si sentiva a suo agio, perché era rimasto in darsena anche nei giorni successivi, ed era diventato amico di tutti i bambini che lo andavano a trovare e gli buttavano pezzetti di pane. L'animale spiccava salti fuori dall'acqua ed emetteva strani gridolini che stupivano e divertivano tutti.

La gente del paese lo aveva adottato e chiamato "Angelino". Ma una notte, mentre il molo era deserto, il delfino avvertì rumori strani, voci concitate, venne disturbato da luci di lampade che frugavano nell'acqua. Si accorse che volevano catturarlo. Tentò di fuggire, ma le punte di una fiocina lo colpirono.

Il povero pesce, per quanto ferito, continuò a nuotare e a gridare con quella voce che fino a poche ore prima aveva divertito i bambini. E allora accadde un fatto strano che tutti ricordano ancora: le grida di dolore del delfino furono udite dai bambini della città che si alzarono e senza dire nulla ai genitori si riversarono di corsa sul molo.

Le barche dei pescatori che avevano ferito il delfino si dileguarono nel buio e il povero animale si avvicinò alla banchina per salutare un'ultima volta i suoi compagni di gioco.

Mentre "Angelino" moriva, i bambini piangevano. Ma tutte le loro lacrime si trasformarono in pioggia, tutti i sospiri diventarono vento e la notte fu offuscata da uno spaventoso temporale.

La barca dei pescatori cattivi sparì per sempre tra la violenza dell'uragano.

Solo più tardi capii il senso della storia del delfino: rappresentava la parabola dell'amore che a volte viene calpestato e ucciso in cambio di poche lire. Infatti le favole di Sirio avevano tutte una loro profonda morale, ma la gente non sempre riusciva a capire a fondo il mondo di quell'uomo e la sua vera anima.

Com'erano dolci quei pomeriggi d'estate trascorsi al teatro dei burattini ad ascoltare Sirio che raccontava favole sempre più belle: momenti indimenticabili che mi rimarranno per sempre impressi nella mente, come le più belle esperienze dell'infanzia.

Sirio era spesso invitato nelle osterie a narrare le divertenti storie dei suoi viaggi in mare. Fra tutte, i vecchi pescatori gli chiedevano sempre di raccontare quella del pesce interprete.

«Da tanti anni giro per i mari» incominciava Sirio «e mi capita perciò di parlare con i pesci che, a volte, sono più comprensivi degli uomini. Ormai mi riconoscono e quando vado in mare si radunano intorno alla mia barca e parlano con me in varie lingue perché provengono da tutte le parti del mondo. A volte ho pescato orate che parlavano persino in arabo. Per questo motivo porto sempre con me il pesce interprete che mi regalarono nei Mari del Sud durante un viaggio laggiù. Conosce molte lingue e mi aiuta a capire tutto quello che dicono gli altri pesci quando si avvicinano alla mia barca.

«Dovete sapere che le creature del mare mi svelano i segreti della vita sott'acqua, come sono le stagioni in fondo agli oceani e che cosa accade quando nevica o si alza il vento.

«I fiocchi bianchi, d'inverno, scendono fino a grandi profondità, si adagiano sui fondali e formano un manto soffice che copre montagne, alberi, prati e giardini sottomarini. Le aragoste, per esempio, sono molto contente quando cade la neve, così possono sciare lungo i pendii delle montagne. Invece il vento piace molto ai pesci vela, perché si lasciano trascinare dalle correnti per chilometri e chilometri, percorrendo tutti i mari del mondo.

«Le seppie, in particolare, sono sensibilissime, capiscono tutto e a volte piangono, ma siccome in fondo al mare le lacrime non si vedono, tutti credono che i pesci siano sempre felici.»

Mentre Sirio raccontava, i pescatori radunati intorno al tavolo dell'osteria fumosa stralunavano gli occhi, e qualcuno di loro, esaltato dal vino, si immedesimava talmente nel racconto che riusciva a vagare con la fantasia in fondo al mare.

Ogni tanto Sirio faceva una pausa per arrotolare e accendere una sigaretta. Poi continuava: «Una volta pescai un'anguilla di mare. Dopo che l'ebbi tirata in barca, cominciò a piangere così forte che, dal dolore, mi misi a piangere anch'io. Seppi che era fidanzata: aveva un grande amore, avrebbe dovuto incontrarlo quel giorno stesso, dopo un anno di lontananza. L'accarezzai più volte e, mentre la rituffavo in mare, le gridai forte: "Vai, anguilla, vai dal tuo amore, e cerca di non cadere nelle reti di altri pescatori".

«I pesci sono anche molto riconoscenti e mi hanno aiutato quando ero più povero di adesso: facevano a gara per farsi prendere e la mia barca, in certi giorni, tornava a riva piena di pesci che cantavano felici perché li avevo pescati.

«Per questo motivo, la sera di Natale, in segno di gratitudine accendo un grande fuoco sulla riva del mare, così tutti i pesci anziani che hanno freddo possono scaldarsi.»

Sirio era così: raccontava storie per gli altri, ma anche per se stesso. Il suo universo era fatto di realtà e di fantasia e, anche se sembrava piccolo, poteva invece diventare infinito.

Non lo sentii mai lamentarsi: lo vidi sempre sorridere, anche quando ormai era vecchio e stanco.

Nel ricordare il mondo meraviglioso di quell'uomo, che era come un profeta, un seminatore di saggezza, mi torna sempre in mente la poesia di un anonimo:

> *Semina, semina: l'importante è seminare, poco, molto, tutto il grano della speranza. Semina il tuo sorriso perché splenda intorno a te. Semina le tue energie per affrontare le battaglie della vita. Semina il tuo coraggio per risollevare quello altrui. Semina il tuo entusiasmo, la tua fede, il tuo amore. Semina le piccole cose e*

anche un nonnulla. Semina la fantasia e abbi fiducia, perché ogni chicco arricchirà un piccolo angolo sperduto della terra.

Quando ero diventato già ragazzo, continuavo ad andare a trovarlo, ma dovevo sostare fuori dal cancello, perché a nessuno era consentito entrare in quel suo giardino misterioso, dove gli alberi e le siepi formavano una foresta impenetrabile.

La luce del sole filtrava a mala pena tra quel groviglio di verde e la capanna, specialmente in primavera, si intravedeva appena.

Tante volte rimasi ad aspettare davanti al cancello senza scorgere al di là anima viva: quando Sirio era immerso nelle sue letture, non voleva essere disturbato da nessuno. Restava per ore e ore curvo sui libri: il sapere era la sua grande ricchezza, il suo pane quotidiano, il treno che gli permetteva di viaggiare lontano e di conoscere paesi e persone che durante un'intera vita non avrebbe mai potuto incontrare.

Una sera lo trovai seduto sopra un sasso, vicino al cancello. Era l'imbrunire, le nubi rossastre scendevano lente all'orizzonte, fra i pini filtravano fasci di luce, tutt'intorno si avvertiva il respiro lieve della primavera. Il vento portava il profumo dei fiori, sul mare volavano i gabbiani, un canto di usignolo si udiva a tratti nella pineta e poi si spegneva tra le fronde dei lecci. Le chiome dei pini oscillavano lentamente; si percepiva la voce del mare e il motore di qualche peschereccio che passava lontano.

«Che cos'è il tempo?» disse Sirio a un tratto. «Il tempo passa inesorabile, trascorre tra il chiasso e la fretta, e noi non ce ne accorgiamo perché raramente ci soffermiamo ad ascoltare il silenzio. Il tempo bisogna cercarlo e serbarlo per il futuro, come si fa con il pane, per poterlo usare quando si ha fame di vita.»

In quel momento passavano per la strada che si perdeva nei campi alcuni carri trainati da buoi bianchi che si lasciavano dietro un intenso profumo di fieno e di erbe selvatiche. Alcune persone camminavano nei due sensi della strada: qualcuno andava di fretta, qualche altro più lentamente. Seguendo i loro passi, mi domandavo dove fossero diretti.

«Non siamo forse tutti in cammino» disse ancora Sirio «alla ricerca di qualcosa che ci appaghi? Io ho trovato la mia serenità nel silenzio e nella solitudine, vivo di quel poco che mi ha lasciato mio padre e sono contento di questa capanna dove si respira un profumo di pulito e di cose semplici.

«La solitudine è la libertà completa ed io l'ho desiderata come l'acqua fresca quando si ha sete: me la sono conquistata con il tempo. Anche se all'inizio era fredda e silenziosa, adesso la sua voce mi è diventata familiare, convivo con lei e mi trovo bene. La pazienza è il mio tesoro, la rinuncia mi guida ogni giorno verso il meglio e l'amore è il mantello che mi scalda nelle notti fredde.

«I miei genitori erano agricoltori, possedevano terre, le amavano. Mia madre faceva il pane nel forno a legna tutte le settimane, lavava i panni nel fiume e cantava felice, anche se l'acqua era gelida. Era sempre serena, mi riempiva di carezze, al mattino appena sveglio mi dava un bacio. Nel suo cuore c'era quella pace che solo le persone semplici e generose possiedono.

«"La terra non ti tradirà mai" ripeteva mio padre e, mentre zappava l'orto, anche lui intonava canzoni.

«Non lottarono mai per grandi ideali, la loro vita era fatta di piccole cose: si stupivano di un'alba o di un tramonto, quando uscivano di casa al mattino si facevano il segno della croce e amavano ciò che possedevano.»

In *Notte Infinita* ho raccontato come Sirio mi apparve nel sogno in una notte di luna carica di magia e mi portò con la fantasia in un mondo lontano dove lui viveva ormai da tempo.

Fu un sogno bellissimo che non dimenticherò più perché, grazie a Sirio, ritrovai quella parte di me che con il tempo si era smarrita.

Alla fine di quel sogno, che mi parve lunghissimo, sottovoce, quasi avesse timore a rivelare il suo segreto, Sirio mi disse: «Un giorno dovete andare sul luogo dove una volta sorgeva la mia capanna e, senza farvi vedere da nessuno, cercate attentamente tra i ruderi: là troverete il mio segreto, è chiuso in una cassetta di ferro, la stessa che usano i marinai per custodirvi gli oggetti più cari e il denaro. Avrei voluto consegnarvela io, ma non ho fatto in tempo, perché il treno della vita viaggia senza orario ed è passato improvvisamente per portarmi con sé in una sera di vento.

«Cercate quella cassetta nel sottosuolo dove era la mia cantina e troverete il segreto. Capirete, allora, qualcosa di più della mia vita, anche se eravate il mio più caro amico e mi conoscevate bene.»

Sirio mi aveva sempre dato del "voi", come accade nelle famiglie dei contadini, e così anche nel sogno si ripeteva la stessa consuetudine: si rivolgeva a me, dandomi ancora del "voi".

Finalmente, dopo averci pensato a lungo, un giorno andai vicino al mare dove un tempo sorgeva la capanna di Sirio: mi misi a cercare tra sassi, pezzi di legno, ferri arrugginiti ed erba incolta quella vecchia cassetta da marinaio che avrebbe dovuto custodire il "segreto".

Intorno, gli alberi erano rimasti gli stessi. Le siepi, crescendo, stavano per annegare tutto nel verde. Era la visione di un luogo abbandonato da tanto tempo.

Poco distante il mare faceva udire la sua voce, gli uccelli cantavano e il vento portava il profumo di fiori selvatici. Poche cose erano riconoscibili: la piastra del camino, qualche mattone del pavimento, le tavole azzurre della porta e la fontanella in muratura posta su un lato della capanna.

Tutto era lì, in quel piccolo spazio di terra dove cercavo di muovermi adagio, per paura di sciupare qualcosa o di cancellare un ricordo.

Era un luogo che amavo, dove avevo provato tante emozioni e, mentre stavo cercando, i ricordi andavano e venivano come onde del mare. Ebbi momenti di smarrimento durante i quali pensai che le parole di Sirio, sussurratemi in sogno, fossero state soltanto frutto della mia immaginazione. Chissà se fra i resti di quella capanna c'era veramente la cassetta da marinaio che nascondeva il segreto della vita di un uomo?

Continuai a cercare, mentre una brezza leggera levatasi dal mare faceva dondolare i rami dei lecci, le piante alte e tenebrose che rimangono sempre verdi per tutto l'anno. Questi alberi forti, antichi, danno un senso di protezione e proprio i lecci hanno difeso per tanti anni la capanna di Sirio dalla pioggia e dai venti.

Mentre spostavo delicatamente travi, pietre e terriccio mi sembrava di udire la sua voce, sempre pacata, che mi diceva:

> *Vivevo qui ritirato da tutto e aspettavo le stagioni con i fiori e gli uccelli di rovo. Attendevo la ghiandaia e le rondini guardando il mare. In ogni attimo nasceva in me un desiderio e di notte leggevo poesie al lume di candela. Così trascorrevo la mia vita ascoltando le onde che frustavano la spiaggia. La mia capanna in certi momenti diventava un universo.*

Si capiva che in quel luogo era vissuto un uomo semplice, buono che aveva un cuore grande: Sirio era tutto questo!

Ricordai allora che dovevo guardare sotto la capanna, dove c'era la piccola cantina in cui l'uomo solitario custodiva gelosamente qualche damigiana di vino che gli avevano regalato i suoi amici contadini. Di solito diceva che era tutta la sua ricchezza perché amava il vino come prodotto naturale e magico della terra.

Me ne aveva parlato spesso in quelle sere lontane, quando mi intrattenevo con lui sul cancello del giardino: mi descriveva nei minimi particolari il trattamento che doveva subire il vino nei diversi periodi dell'anno. Mi aveva anche raccontato che nelle notti di luna piena trasportava le damigiane all'aperto e le lasciava sulla soglia della capanna sino all'alba perché si riempissero di raggi lunari: quel bagno di luce avrebbe conferito al vino un sapore particolare.

Mi venne in mente che sul lato destro della capanna, in un angolo, c'era una botola dalla quale si poteva scendere nel sottosuolo: la cantina doveva essere proprio in quel punto. Non conoscevo bene l'ubicazione delle stanze perché all'interno ero entrato solo poche volte. Un raro privilegio riservato solo a me, che ero il suo più caro amico.

Tolsi ancora tavole vecchie, pietre, terra e finalmente intravidi, netto, il disegno quadrato della botola. Sollevai il coperchio pieno di polvere e mi apparve il luogo che Sirio mi aveva descritto.

Scesi lentamente pochi gradini e mi ritrovai nello spazio buio della cantina, dove tutto era rimasto fermo nel tempo. Accesi un fiammifero per vedere meglio e scorsi due damigiane, alcuni fiaschi e bottiglie vuote. Tornai fuori a cercare un pezzo di legno con cui incominciai a battere sul pavimento di ghiaia per capire se sotto ci fossero spazi vuoti.

Infatti, nell'angolo sinistro, l'impiantito dette risposte sorde. Allora incominciai a scavare in quel punto fino a quando sentii con le dita la superficie liscia di un

Ebbi momenti di smarrimento durante i quali pensai che le parole di Sirio, sussurratemi in sogno, fossero state soltanto frutto della mia immaginazione.

oggetto rettangolare. La spolverai frettolosamente, mentre il cuore batteva veloce nel mio petto per l'emozione che si fece ancora più grande quando mi apparve la cassetta di ferro da marinaio della quale Sirio mi aveva parlato.

Rimasi così, a lungo, immobile, in ginocchio, temendo che quanto avevo davanti ai miei occhi si dileguasse all'improvviso come una visione.

Allungai un braccio, cercai un appoggio e sollevai la cassetta che doveva contenere il tesoro del vecchio poeta.

Ero ansioso di conoscerne il contenuto e perciò incominciai a slegare lo spago che la teneva chiusa, sino a quando potei sollevare il coperchio. All'interno c'era un rotolo di fogli ingialliti, scritti a mano con una grafia minuta: avevo finalmente trovato il suo "segreto".

Tenendo stretta sottobraccio la vecchia cassetta arrugginita, tornai a casa. Ad ogni passo mi veniva fatto di pensare a Sirio, a tutto ciò che era stato nella vita, al suo mondo così diverso da quello degli altri.

Riandavo allora agli ultimi anni della sua esistenza quando, oramai molto anziano e stanco, usciva di rado dalla sua capanna. Spesso, per paura che avesse fame, attaccavo al cancello del giardino un sacchetto con del pane, un po' di carne, qualche medicina, un pacchetto di sigarette e una bottiglia di vino. Ma a ogni passo i ricordi si affollavano nella mente e diventavano sempre più chiari, più significativi.

Che cosa era stato per me Sirio? La stella più lucente del cielo che indica il cammino ai naviganti nel buio della notte e li guida nelle lunghe rotte che sono le strade contorte della vita?

C'è una vecchia leggenda legata a questa stella: una volta era piccola e lontana come tutte le altre, ma aveva una grande attrazione per la terra che ammirava per la sua bellezza, dove immaginava che ci fosse un mondo pieno di meraviglie, dove la natura si rinnovava in ogni stagione per rendere felici i suoi abitanti.

La stella desiderava ardentemente conoscere ciò che accadeva laggiù. Una notte si lasciò cadere dal cielo e si avvicinò alla terra per scrutare più da vicino quel mondo che esisteva soltanto nella sua immaginazione: vide mari, monti, pianure verdeggianti, l'azzurro del mare, ma si accorse anche che il pianeta era offuscato da nebbie e da fumi nerastri. Da quella distanza non riuscì a scorgere gli uomini, ma si rese conto che la loro vita, forse, non era così interessante come aveva supposto.

Allora si allontanò di nuovo con molta tristezza in cuore, però non volle raggiungere le altre stelle più in alto di lei: si fermò prima, e così rimase più vicina alla terra, sperando che quel mondo, che aveva tanto desiderato vedere, un giorno sarebbe cambiato.

Sirio era stato per me l'amico vero, buono, sincero, che non chiedeva niente, che mi era stato vicino nei momenti più difficili della vita, e la sua capanna rappresentava il punto di riferimento della fantasia.

Ora camminavo stringendo quella cassetta, mentre il buio si faceva più fitto. Da dietro le montagne spuntava la luna e il silenzio della sera stendeva la sua coltre sulle nere pinete, sulla pianura e sulle alte montagne.

A casa, chiuso nella mia stanza, sfogliai ad una ad una quelle pagine nelle quali Sirio aveva descritto i momenti più segreti della sua vita e del suo piccolo, grande mondo.

Il racconto, diviso in capitoli, era preceduto da una breve poesia di Tagore:

> *Oggi nel mio eremo un folle vento di primavera è venuto a sconvolgere le foglie cadute a gennaio. La mia giovinezza, da lungo tempo dimenticata, improvvisamente ha deposto un messaggio nelle mani della primavera.*

È una notte di dicembre,
la luna è piena, la fiamma
del camino mi ha parlato

Ieri sera ho pensato a te, mentre scrivevo, perché faceva tanto freddo e sulle montagne c'era la neve. Temevo che le tue mani fossero gelate e non avessi un fuoco per scaldarti.

Sai che cos'è accaduto nella mia capanna? La fiamma nel camino a un certo punto è diventata immobile, si era gelata, e anche i rintocchi delle campane ghiacciavano nell'aria e cadevano a pezzi.

Che freddo! I pesci, per scaldarsi, uscivano guizzando dall'acqua e alcuni di loro sono venuti nella capanna per trovare un po' di calore. Ho acceso un fiammifero per avviare di nuovo il fuoco nel camino, ma anche la fiammella si è fatta di gelo e una folata di vento mi ha ghiacciato le parole in bocca.

Allora ho recitato mentalmente una preghiera per chiedere un po' di caldo per te, e mi sono ripetuto quelle belle parole di un poeta mai esistito, che però vive nella nostra anima:

> *Dalle un po' di calore, che ti costa? Il sole è tuo amico, ne hai da vendere. Fai scorrere il calendario delle stagioni e portale la primavera sulla soglia di casa. Che ti costa?*

D'improvviso si è alzato un vento caldo, la sera d'inverno si è trasformata in primavera, la fiamma del camino ha dato un guizzo, si è allungata verso la gola nera di fuliggine e ha cominciato a parlare: «Credi, forse, che non avverta anch'io il freddo dentro l'anima? Hai visto prima com'ero immobile, com'ero ghiacciata? Tu mi avevi acceso e il freddo voleva cancellarmi, ma io sono rimasta nel camino per tenerti compagnia, perché tu sei Sirio, il poeta, e perché avevi bisogno di un po' di calore per qualcuno che ti stava particolarmente a cuore.

«Non potevo abbandonarti perché avrei rinunciato alla mia natura di fuoco, che si accese per la prima volta nella notte della Creazione per rischiarare le tenebre che avvolgevano la terra. Dio si manifestò con l'aria, la luce, l'acqua e il fuoco, e da questi elementi si sviluppò la vita. Io sono il fuoco e tu la vita, e là fuori c'è la natura con tutte le sue meraviglie...»

Mentre la fiamma parlava, io cercavo di articolare un discorso, ma in tutta la sera non mi riuscì di dire una parola. Capii soltanto che il vento mi aveva portato la primavera in una sera d'inverno, proprio come io avevo invocato, e questo era un messaggio sul quale dovevo riflettere.

Scusami se a volte mi lascio prendere da quel poco di sapere che mi deriva dalle letture dei libri, ma lo faccio perché tu possa capire il senso vero del mondo e tutte quelle cose che per noi sono ancora misteriose.

La mia capanna è come una piccola luce in mezzo al bosco, tra le fronde degli alberi e le fitte siepi che rappresentano le difficoltà della vita. Il legno con il quale è stata costruita ha il profumo della natura, le due finestre sono occhi spalancati sul mare, la porta azzurra è la speranza che si apre al mondo.

All'interno due piccole stanze: in una ci sono il camino, una madia, un tavolo, due sedie e l'orologio a pendolo che scandisce le mie ore, i miei giorni, i miei anni, la mia vita. Nell'altra, un letto, un armadio e uno scaffale pieno di libri.

Sono povero, ma felice: le mie notti trascorrono tranquille e i miei mattini sono pieni di luce.

Ti ho detto che il fuoco nel camino mi parla, il vento mi racconta di sé, la pioggia sul tetto è come una musica, il sole e la luna fanno capolino tra le fessure del legno. Che cosa mi manca? Sono contento così, mia dolce creatura, e spero di poter regalare un po' di felicità anche a te, giorno dopo giorno.

Nel sottosuolo c'è una piccola cantina, ricavata nella sabbia, dove conservo quel po' di vino che ogni anno mi regalano i contadini in cambio del mio aiuto nei giorni della vendemmia.

Il vino è per me un dolce compagno che mi scalda l'anima quando ho tanto freddo dentro: fa compagnia alla mia solitudine e mi dà la possibilità di addormentarmi sereno e di sognare. Incominciai a berlo quando avevo diciassette anni. Cercavo di stordirmi per non soffrire alla vista dei miei genitori che, pur essendo entrambi molto cari, non si amavano più come un tempo: lo capivo dai loro sguardi, dai loro continui litigi. Quando eravamo tutti e tre seduti a tavola, il loro silenzio mi entrava dentro l'anima e allora bevevo un po' di vino per consolarmi, così quella malinconia sembrava un po' svanire.

Scrissi una poesia in quel tempo, ascoltala:

> *Credevo che un grande amore non morisse mai. Immaginavo che fosse come un albero pronto a sfidare qualsiasi tempesta e soprattutto il tempo. Invece mi sono accorto che non è così perché anche un grande albero può perdere lentamente i*

suoi rami e diventare secco. Quando lo tagliano, appaiono all'interno tanti segni. Sono i segni nascosti del tempo, delle passioni e dei dolori che non si possono vedere prima. E allora ti domandi del perché, se l'albero è stato bagnato, se è stato curato quando era il tempo. Ti passano nella mente mille cose e vorresti sapere se quell'amore era veramente grande come l'albero oppure era una specie d'amore come ce ne sono tanti. I grandi amori non muoiono per un colpo di vento o per un poco d'acqua in meno. Muoiono se li fai morire dentro e non finiscono se hai dato loro tanto, sino a logorarti il cuore.

Alle pareti della mia capanna sono appesi un ombrello per la pioggia, un cappotto per l'inverno e un vecchio cappello per tutte le stagioni. In un angolo, un paio di scarpe e gli zoccoli.

Quel poco che mi ha lasciato mio padre mi basta per vivere, e ogni giorno mi avanza anche del pane per gli uccelli che vengono a trovarmi.

Forse ti domanderai perché io viva così e quando ti parlo, a volte, mi osservi incuriosita. Adesso non puoi capire tutto di me, ma un giorno, forse, ci riuscirai.

Ieri mi hai detto che da quando mi conosci sei più felice, perché ti ho insegnato ad apprezzare le cose semplici della vita. Quando ci incontriamo vicino alla siepe vuoi che ti parli di me, che racconti qualche favola: allora la fantasia ti conduce attraverso mondi irreali, dove ti sembra di correre nell'immensità di un prato. Non avevi mai accarezzato un gabbiano prima che te ne portassi uno io: hai sorriso e mi hai chiesto dove vanno a costruire il loro nido.

Ogni sera prima di addormentarmi penso a te, e anche tu lo fai, vero? Mi hai detto che spesso si muove un'ombra nel cantuccio della tua camera e che quell'ombra sono io che ti parlo sottovoce. Mi hai anche detto che mi vuoi bene come a un albero, una nuvola, una stella.

Io vivo solo e mi accontento di poco. Se si desidera poco, anche le piccole cose ci sembrano grandi. La mia ricchezza è la fantasia, che non invecchia mai, e con la fantasia io, a volte, ho anche cenato nella mia capanna.

Il camino è per me il punto fondamentale della casa, l'angolo della meditazione, il compagno della solitudine, la luce, il calore.

Ed è proprio vicino al fuoco che i vecchi, in passato, hanno dato saggi consigli, le nonne hanno raccontato favole ai nipoti e, osservando la fiamma, ognuno ha viaggiato nei ricordi del tempo.

A me sono successe tante cose intorno al camino, alcune delle quali molto divertenti e curiose.

Ascolta questa storia: nelle sere d'inverno, quando faccio la polenta per la cena, il paiolo, annerito, dondola sulla fiamma, l'acqua bolle, la farina cade a manciate, mentre il fumo sparisce veloce su per la cappa che ha un tiraggio perfetto: l'ho infatti costruita a regola d'arte, mattone su mattone, come mi hanno insegnato gli amici muratori, ma con la sua perfezione è diventata imprevedibile.

Sere fa, mentre giravo la polenta, il serpente Giulio è uscito per andare a prendere un po' di rosmarino e, nell'aprire la porta, ha creato una corrente d'aria che ha sollevato la polenta dal paiolo che così è sparita nella cappa. Allora ho fatto una corsa, sono salito sul tetto per riprendere la polenta, e mi sono trovato davanti a una bella sorpresa: nel passare attraverso le quattro feritoie del comignolo si era divisa in quattro e così era già pronta da mettere in tavola.

D'inverno la campagna riposa, a volte, sotto un manto di neve, il mare è calmo, sopra la mia capanna, di notte, c'è sempre una stella che brilla.

Adesso è primavera, presto verrà l'estate, con il grano alto nei campi, e al momento della mietitura i miei amici contadini canteranno felici in mezzo a quel mare giallo.

Ho sempre vissuto dei frutti della terra e dei pesci del mare che il gabbiano pesca per me, ogni volta che lo desidero.

Mi accontento di ciò che possiedo: un tetto, un camino, un tavolo, i libri, un giardino, gli animali che vivono con me, un piatto di minestra calda tutti i giorni e la fantasia che non mi abbandona mai.

Nel mio piccolo mi sento anch'io degno di essere al mondo, come gli alberi, i fiori, le stelle, e scopro che dentro ognuno di noi c'è un giardino dove si possono trovare tante risposte: basta saperlo cercare.

Ringrazio ogni giorno Dio perché, affacciandomi alla finestra, posso vedere la luce del sole e ascoltare la voce della vita che mi chiama.

Ti racconto tutto ciò perché voglio farti capire chi sono. Hai il diritto di conoscere fin nel profondo la persona che ti parla dalla siepe, sennò potresti pensare di me cose sbagliate. Non aver paura dell'uomo solitario della capanna che racconta favole: non ti ingannerebbe mai. Scrive poesie per te ed è contento quando sorridi.

Devi essere felice, sempre: quando la pioggia cade sulla grande pineta, quando la brina disegna ricami bianchi nei prati, quando il vento spazza le foglie ingiallite del giardino.

Sorridi. La vita è come una siepe fiorita in una foresta di solitudine dove le foglie sono speranze, i fiori sogni, le spine i giorni tristi della vita. Sorridi. Perché le spine, una alla volta, cadranno e la siepe fiorirà ancora a primavera.

Un piccolo ragno ha danzato per me
e una sera è venuto a trovarmi
Shakespeare

La **mia capanna** è sempre stata un paradiso di avvenimenti fantastici: vivendo solo, penso, immagino e apro le mani al mondo perché le riempia ogni giorno di vita. Bisogna avere radici profonde come quelle di un albero per superare i temporali e possedere ali per volare. Io sono sempre stato felice di questa mia esistenza. E adesso che esisti tu, mi sento povero soltanto delle cose che non posso darti.

Essere felici significa vedere il mondo come lo si desidera. Solo così ci accorgiamo che non c'è niente di troppo piccolo nella natura per una creatura come l'uomo. E quindi osservando la natura si può imparare a vivere: devi soffermarti con umiltà anche dinanzi a una goccia di rugiada che brilla su un filo d'erba, perché potresti riuscire a vedervi dentro l'arcobaleno.

Oggi ti racconterò la storia del ragno, ma non posso fartelo vedere, purtroppo, perché ormai non c'è più, poverino. Era un ragno piccolo che ogni sera si calava dal soffitto lungo il filo sottile che aveva intessuto per farmi compagnia mentre cenavo. Era simpatico, ce la metteva tutta per rendermi allegro.

Non appena mi sedevo a tavola, lui scendeva lentamente e si posava davanti a me con le sue zampine esili e lunghe. Mi guardava mentre mangiavo ed aspettava che gli dessi qualche briciola di pane, poi la faceva rotolare sulla tavola, finché diventava una pallina abbastanza piccola da poter essere inghiottita. Con il tempo diventammo amici. Qualche volta, calandosi dal soffitto, si dirigeva verso il bicchiere sulla tavola e beveva di nascosto un sorso di vino. Una sera ripeté l'operazione più volte e, senza accorgersene, si ritrovò completamente ubriaco. A quel punto, emettendo gridolini quasi impercettibili, incominciò a danzare sul tavolo, come fosse guidato dai fili di un abile burattinaio. L'esibizione durò sino a quando, allo stremo delle forze, cadde riverso con le zampine per aria.

La storia si ripeté ancora nelle lunghe sere d'inverno; quel ragno così piccolo era capace di rendermi felice e di farmi sentire meno solo.

Le possibilità di rallegrarsi per tutto quanto la natura ci offre sono infinite, come ho già detto, basta mante-

Oggi ti racconterò la storia del ragno, ma non posso fartelo vedere, purtroppo, perché ormai non c'è più, poverino. Era un ragno piccolo che ogni sera si calava dal soffitto lungo il filo sottile che aveva intessuto per farmi compagnia mentre cenavo.

nere gli occhi perennemente giovani per riuscire a scorgerle.

Col passare del tempo, il vizio del bere si fece per il ragno sempre più forte e insistente: nel corso di una serata era capace di dar fondo a due bicchieri interi di vino.

Ogni volta si ripeteva la scena della danza sulla tavola. Era evidente che lo faceva per sdebitarsi, cercando di attirare la mia attenzione su di lui per dimostrarmi la sua bravura.

Danzò pcr molte sere, ma la sua stagione artistica un giorno finì: era diventato alcolizzato e non riusciva più a scendere lungo il filo della sua tela come prima.

Ce la fece ancora una volta: con fatica discese sulla tavola, bevve un piccolo sorso di vino, si abbandonò all'ultima, struggente, danza, poi si accasciò sul tavolo e non si mosse più.

Versai qualche lacrima per quella piccola creatura. Vedi, si può piangere anche per un ragno, quando ti rendi conto che ti ha voluto bene fino all'ultimo e ha cercato di darti il meglio di sé. Andai fuori a guardare il cielo stellato e improvvisai per lui un'orazione funebre:

> *Vita della vita che scorri come acqua e fili come il vento a piccoli passi, giorno dopo giorno, sino all'ultimo passo del percorso prescritto. Il nostro ieri è il domani e il domani è l'eternità. Di infinito non c'è che il*

cielo e il cuore dell'uomo per le sue lacrime. Io piango te, piccolo ragno acrobata delle notti di luna che sino all'ultimo hai cercato di farmi sorridere. Addio.

Ma le mie sere solitarie non sono riempite solo dalla presenza delle creature grandi e piccole della natura che mi fanno compagnia. Una notte è venuto a trovarmi Shakespeare. Ne avrai sentito parlare qualche volta in casa, oppure avrai letto la storia d'amore di Giulietta e Romeo, i due giovani di Verona, che è conosciuta in tutto il mondo. Il loro era un amore talmente grande, un amore così vero che andava oltre la vita. È difficile amare a quel punto, ma è possibile. Si dice che l'amore non è profondo se non è puro, che amare vuol dire consacrarsi a un'altra persona senza aspettarsi nulla in cambio, vuol dire anche vivere sotto un altro cielo con l'emozione di arrivare a toccarlo.

Era febbraio, l'aria profumava di legna bruciata, il cielo splendeva di stelle, nel bosco c'era un grande silenzio.

Sentii chiamare ripetutamente, corsi sorpreso alla finestra e, nel buio, vidi un'ombra davanti al cancello. Domandai chi fosse, una voce grave rispose: «Sono William Shakespeare, aprimi, devo parlarti!».

Lo feci entrare, mi disse che arrivava da un lungo viaggio, si sedette vicino al fuoco e incominciò a parlarmi: «Vengo dalla Valtellina, mia terra d'origine. Pochi lo sanno, ma io discendo da un'antica famiglia di Bormio: i Crollalanza. Infatti il mio cognome, Shakespeare, in inglese significa proprio Crollalancia o Crollalanza».

Vedi che cosa accade nella mia capanna? È un crocevia del mondo, ci passano tutti con la velocità del vento. Per questo sono fortunato e felice.

Shakespeare continuò: «I miei genitori erano banchieri, operavano nella valle, avevano contatti con tutta Italia e con l'estero.

«Trascorsi i primi anni della mia vita tra le montagne, andai a scuola in un piccolo borgo e vissi le prime esperienze a contatto con la natura. Amavo il vento, il rumore del ruscello, gli alberi, gli uccelli, le nuvole e i vecchi saggi della montagna che mi raccontavano storie fantastiche.

«Un giorno i miei decisero di emigrare: ci trasferimmo a Londra dove vivevano alcuni parenti. Fu per me un triste distacco. Il nuovo mondo mi parve impossibile.

«Crebbi in città, imparai la lingua, frequentai una scuola teatrale, conobbi artisti, scrittori, attori, e incominciai il difficile cammino dell'arte. In mezzo a quella moltitudine affiorava sempre in me il ricordo dell'Italia, del mio piccolo paese di montagna, e soprattutto di un amore vissuto a sedici anni. Si può andare in capo al mondo, ma nel cuore rimane incancellabile quel periodo bello della vita che è la giovinezza.

«È per quel dolce ricordo d'amore che ho scritto Giulietta e Romeo, ed è per questo motivo che sono tornato a rivedere il mio paese, in Valtellina.»

Shakespeare era seduto vicino al fuoco e il suo sguardo, a tratti, si perdeva nel tremolio della fiamma. Dalla sua voce si capiva che era rattristato: cercava una felicità perduta ed io, che ero rimasto stupefatto da quella visita inaspettata, continuavo a tacere per timore di rompere l'incantesimo.

Che cosa avresti fatto tu, al mio posto, con un personaggio di tale importanza, che aveva scelto proprio la mia capanna per una sosta lungo il suo peregrinare? Rispettai i suoi silenzi tacendo, gli versai un bicchiere di vino e mi sedetti di nuovo davanti alla fiamma che scoppiettava. Dopo un poco riprese a parlare: «Quando entriamo nell'altra dimensione» disse «viviamo più intensamente di prima, la mente è più chiara, tutte le cose ci appaiono nella loro giusta luce, e andiamo a cercare quello che abbiamo perduto da vivi.

«Percorriamo spazi infiniti in poco tempo, viviamo in un attimo l'immensità e incontriamo solo alcune persone che appartengono al mondo dei vivi. Le vediamo a distanza, perché emanano una luce intensa e sono come fiaccole che ardono nel buio che ci avvolge. Tu sei una di quelle luci, ed è per questo che mi sono fermato qui.»

William rimase con me tutta la sera, ma quel tempo,

seppur breve, fu come un'eternità. Le sue parole avevano un significato profondo, mi confidò tanti segreti, che non posso svelare neanche a te, che pure sei la creatura più cara che conosca.

Verso mezzanotte se ne andò, dopo avermi salutato con un sorriso. Si avviò verso il cancello e pronunciò queste parole:

> *Come arrivano lontano i raggi di quella tua piccola candela. La sua luce è l'amore che illumina il mondo. Non spegnerla mai!*

Mentre scompariva nel buio da dove era venuto, mi domandai: ma sarà stato proprio lui?

Leggendo le pagine della vita segreta di Sirio, nacque in me il desiderio di conoscere qualcosa in più dell'uomo che era vissuto in maniera così strana in quella capanna. Per esempio, chi era la creatura alla quale si rivolgeva dedicandole pensieri affettuosi, poesie, raccontandole la fantasiosa visita di Shakespeare?

Sempre più incuriosito decisi di andare in giro lungo

la spiaggia e per la campagna, nelle osterie e in tutti quei posti che Sirio frequentava.

Le persone che lo avevano incontrato mi raccontarono fatti che già conoscevo: non aggiungevano nulla di nuovo. Ma quando il mio desiderio di saperne di più sembrava spegnersi, ecco che venni finalmente a scoprire una storia che il poeta solitario aveva tenuta nascosta sino alla fine dei suoi giorni. Me la raccontò una donna molto anziana che abitava nell'unica casa vicina alla capanna.

Il giardino, ben curato, confinava con quello selvaggio di Sirio e le due proprietà erano divise da una siepe. La donna mi fece entrare. Quando capì che ero molto interessato alla vita dell'uomo che era vissuto per tanti anni lì vicino, mi fissò a lungo negli occhi e mi fece sedere nel piccolo salotto dove si respirava un profumo di fiori freschi.

Notai che sulla parete era appesa la fotografia di una fanciulla bellissima dai lunghi capelli castani e dagli occhi azzurri. Quando si accorse che la stavo osservando, disse: «È mia figlia Serena, ha visto com'è bella? Quando lei mi ha parlato di Sirio» aggiunse ancora la donna «ho provato una forte commozione, perché quell'uomo ha voluto un bene infinito a mia figlia. La conobbe quando era ancora bambina. Le raccontava tante storie della natura e degli animali, la portava con la fantasia in mondi lontani dove tutto era diverso, e le diceva che nella sua capanna aveva un serpente di nome Giulio, due gatti e un gabbiano ammaestrato che andava a pescare per lui.

«Serena era felice ogni volta che poteva parlargli e quando non lo vedeva chiedeva sue notizie. Il loro punto di incontro era la siepe che separa i due giardini: Sirio sedeva sopra un tronco del suo bosco e mia figlia stava al di qua, appoggiata a un albero per non stancarsi.

«Una volta le portò da vedere un gabbiano, un'altra volta un gatto bianco e uno grigio, poi le rane, i pesci, le farfalle, e persino le lumache ammaestrate.

«Quell'uomo è stato per noi come un angelo buono, mandato da Dio per tenere compagnia a Serena che ogni giorno diventava sempre più bella.»

L'anziana donna smise per un attimo di parlare e fissò la foto appesa alla parete. «Mia figlia» continuò «guardava ogni giorno fuori dalla finestra in direzione della capanna di Sirio e aspettava che uscisse. Quando stava bene e il tempo lo permetteva, lo raggiungeva alla siepe, che era il loro confine senza confini, perché i racconti dell'uomo la portavano lontano dalla sua realtà.

«Quante storie le ha raccontato in quegli anni, e quanti viaggi hanno fatto assieme con la fantasia!

«Una volta, siccome era inverno e faceva molto freddo, Serena dovette restare in casa per un lungo periodo e diventò triste. Allora Sirio inventò per lei la primavera: di notte attaccò fiori e foglie di carta colorata ai rami degli alberi del suo giardino, e quando Serena al mattino seguente vide dalla finestra quella primavera, sorrise felice.

«Sirio era così, all'età di cinquant'anni era come un bambino che si meravigliava e si entusiasmava di tutto ciò che la natura gli offriva.

«Il suo affetto e il suo amore per mia figlia sono stati commoventi, semplici e grandi allo stesso tempo. Quando lei stava male, lui soffriva in silenzio, e quando la rivedeva vicino alla siepe era come se sorgesse un nuovo sole.

«Un giorno Serena, quando aveva diciotto anni, mi disse che Sirio le aveva raccontato una storia bellissima, pregandola di non rivelarla mai a nessuno, perché le cose belle si devono tenere per sempre nel segreto della nostra anima.»

La madre di Serena tacque. Rimase a pensare con lo sguardo fisso verso la siepe del giardino. La salutai ringraziandola, le dissi che sarei tornato a trovarla e mi allontanai con il cuore carico di commozione.

Capii finalmente a chi si rivolgeva Sirio nelle pagine segrete della sua vita: a Serena, la fanciulla dolcissima della siepe, alla quale aveva dedicato tutto il suo mondo fantastico.

L'importanza che per lui aveva quella creatura era descritta anche in una poesia che trovai riprendendo a leggere quelle pagine ingiallite che erano rimaste nascoste per anni in una cassetta da marinaio:

> *Luglio. Nel giardino le tue parole mi scaldano il cuore perché sono l'estate per me. Ottobre. Su di te piove il silenzio e i tuoi occhi si fanno velati e il vento fa cadere le foglie ingiallite e allora è l'autunno per me. Dicembre. Ai primi freddi ti chiudi nella camera grigia e non chiedi più nulla e la tua malattia è l'inverno per me. Marzo. In un giorno di sole la tua finestra si aprirà appena e qualche fiore sboccerà sulla siepe e tu sorriderai. Allora sarà la primavera per me.*

Un giorno nel mio giardino segreto
ho unito in matrimonio
due alberi innamorati

Un giorno, mentre ero intento a raccogliere le briciole di pane che erano cadute sul pavimento, udii la voce di alcuni bambini che giocavano. Credetti che fossero entrati nel mio giardino e mi affacciai alla finestra per controllare, ma non c'era nessuno. Eppure quelle voci erano lì, vicino alla capanna, si diffondevano nell'aria come un coro concitato, ma io non riuscivo a vedere anima viva. Battei le mani e gridai: «Chi è là?». D'improvviso tutto tacque. Poi, da dietro una zucca cresciuta nel mio orto, fuggirono, uno alla volta, almeno quaranta bambini.

Non ti ho mai parlato delle piante e dei frutti del mio piccolo orto. Tu non puoi neanche immaginare quello che accade quando arriva la primavera, e i fiori sbocciano e tutte le creature si risvegliano.

La zucca, per esempio, è nata da un seme che portai da terre lontane ed è diventata talmente grande che si potrebbe abitarvi dentro. Infatti, in quei Paesi al di là del mare, la gente abita nelle zucche seccate che si spostano da un punto all'altro della pianura, a seconda delle stagioni: rotolano spinte dal vento, a volte compiono lunghi viaggi, e così gli abitanti si ritrovano in Paesi sconosciuti.

Una volta seminai alcuni chicchi di grano che mi aveva donato un vecchio contadino di un'isola lontana. Mentre li gettavo nella terra, dovevo scansarmi o fare dei salti perché, appena toccavano il suolo, diventavano subito piante alte un metro che ero costretto a scavalcare. Quel giorno credo di aver fatto centinaia di salti per non rovinare il grano.

Ci sono anche gli alberi che tutti i giorni parlano, perché hanno tante storie da raccontare. Dice una vecchia leggenda che gli uomini cattivi che nella loro vita non hanno ascoltato i consigli di nessuno diventano poi alberi con il tronco e i rami di colore scuro che non fioriscono mai, neanche a primavera. Fra i loro rami gli uccelli non costruiscono nidi e nessun animale si ferma sotto le loro fronde. Il vento che passa non stacca le foglie per non far provare loro la dolcezza dell'autunno e così le foglie ingiallite rimangono sui rami per l'eternità. Sono alberi che non fanno ombra e i loro rami sono quasi sempre a forma di croce.

Le diceva che nella sua capanna aveva un serpente di nome Giulio, due gatti e un gabbiano ammaestrato che andava a pescare per lui.

Quante storie di alberi ho sentito nel corso dei miei lunghi viaggi per il mondo! Una volta ne ho visto uno che accompagnava un cieco, lo teneva per mano con i suoi rami e lo guidava lentamente lungo un sentiero che portava al mare.

In una foresta antica vidi alberi con rami come mani lunghissime che si muovevano per salutare chi passava. Quelle mani, mosse dal vento, erano particolarmente leggere con i bambini e i genitori affidavano loro i figli perché li portassero a passeggio nella foresta.

Con le mani tenevano stretti i bambini, sollevandoli ogni qualvolta il cammino era difficile o quando la foresta era attraversata da ruscelli.

Alla fine del giorno le mani degli alberi riportavano tutti i bambini al limite della foresta e, dopo averli accarezzati dolcemente, li riconsegnavano ai loro genitori.

A proposito degli alberi, devo raccontarti di quando sposai i due susini selvatici cresciuti ai lati della mia capanna. Quando questa fu costruita e vennero gettate le fondamenta, il cemento interruppe il loro amore perché recise le radici che, con il tempo, si erano unificate. Chissà da quanto si amavano e come si intendevano là sotto.

Gli alberi che crescono vicini l'uno all'altro sono quasi sempre maschio e femmina. Lui è più alto, con i rami raccolti, lei ha la chioma a ombrello per contenere più fiori a primavera.

Mi accorsi che si amavano perché i rami si cercavano allungandosi sul tetto della capanna sino a toccarsi, e di notte mi sembrava di udire il loro lamento tra le foglie. Allora decisi di sposarli. Con fogli di carta colorata confezionai gli abiti da cerimonia: il maschio lo vestii di nero e la femmina di bianco come i suoi fiori. Celebrai il matrimonio nel primo giorno di primavera e li chiamai Giulietta e Romeo.

Fu una festa meravigliosa: dagli alberi vicini arrivarono tanti uccelli, la civetta appollaiata su un ramo sorrideva con i suoi grandi occhi tondi e il gatto da fiori andò a raccogliere per loro margherite.

Il serpente Giulio preparò il vino bianco per il brindisi, le lumache agitavano le sottili corna in segno di festa, il gabbiano pescatore sbatteva le ali per applaudire.

Un leggero vento di primavera accarezzò gli alberi innamorati e da quel giorno i due susini furono felici: continuarono ad intrecciare i loro rami sul tetto della capanna e di notte non piangevano più.

Giorni fa ho parlato con un pino che si innalza dritto verso il cielo all'inizio del bosco. Piangeva perché il suo grande amore era caduto durante un temporale. Era un pianto fatto di resina, la voce un lento cigolio che il vento portava lontano.

Ho udito spesso il lamento dei pini, specie verso sera, quando il sole cala lento nel mare e la luce rosa filtra tra i rami.

Una volta mi avvicinai a uno che piangeva più degli altri e gli domandai come mai versasse tante lacrime. «Piango» mi disse «perché con la mia corteccia i pescatori tingono le reti che servono a catturare migliaia di creature marine. La staccano dal fusto, la mettono a bollire in un grande paiolo, poi vi immergono le reti che, colorandosi di marrone, diventano quasi invisibili nell'acqua. Me l'hanno detto i pesci. Quando il mare è grosso e spira vento di libeccio, saltano sui miei rami per raccontarmi i fatti del mare. Ecco, è questo che più mi addolora» proseguì il pino «il dover servire per far morire delle creature.

«Tra le mie fronde fanno il nido i fringuelli e i cardellini e il loro pigolio è musica per me. Non sanno che tutti gli alberi sono preghiere innalzate dalla terra al cielo, e per ognuno di essi che muore una stella si spegne nel firmamento!»

Il pino continuò a parlare mentre il giorno finiva, poi, improvvisamente, tacque.

Ripensando a quel pianto tornai a casa triste e mi vennero in mente gli Indiani d'America che hanno sempre avuto un grande rispetto per gli alberi. Lo dicono anche nei loro libri:

Sai che gli alberi parlano? Sì, parlano, parlano l'un l'altro e parlano a te se li stai ad ascoltare. Ma gli uomini non ascolta-

no, non hanno mai pensato che valga la pena di ascoltare noi Indiani e temo che non ascolteranno nemmeno le altre voci della natura. Io stesso ho imparato molto dagli alberi: talvolta qualcosa sul tempo, talvolta qualcosa sugli animali, talvolta qualcosa sul Grande Spirito.

Vedi, hanno ragione gli Indiani che difendono la natura e sanno parlare con gli alberi. Ogni creatura di questo mondo, anche la più piccola, ha il diritto di esistere e di essere compresa.

Non si dovrebbe uccidere neanche un moscerino, perché non sappiamo nulla della sua vita e che cosa pensa di noi quando ci guarda. Non hai mai provato a fissare i tuoi occhi in quelli degli animali? Loro sono buoni, ma noi non ci accorgiamo della loro sensibilità e spesso li uccidiamo.

Una sera, al tramonto, mi affacciai alla finestra della capanna. Sentivo da un po' di tempo un cinguettio lungo e costante che proveniva dall'alto. Uscii all'aperto e vidi sopra di me il cielo pieno di uccelli neri che roteavano come fossero inseguiti da qualcuno.

Allora ero giovane, non avevo ancora imparato a rispettare la natura: infatti andavo a caccia con gli amici, ma a poco a poco, quando tornavo a casa con gli uccellini morti, incominciò a prendermi una stretta al cuore e mi domandavo perché lo facessi.

Quella sera, però, corsi a prendere il fucile e incominciai a sparare una carica dopo l'altra nella folta nuvola nera. Stranamente, nessuno degli uccelli veniva colpito dai pallini e lo stormo continuava a roteare e a cinguettare sempre più forte.

Aumentai la polvere da sparo e misi dei pallini più grossi. Il risultato era sempre lo stesso: gli uccelli continuavano a volare indisturbati. Quando ebbi finito la polvere e i pallini, mi sedetti frastornato su un tronco ad osservare il cielo che diventava sempre più nero di volatili. Allora mi dissi: «Ma quegli uccelli sono veri o sto sognando?». Avevo sparato tante volte, e non ne avevo colpito neppure uno.

Mentre la luce del giorno diventava sempre più debole, accadde un altro fatto strano: dallo stormo si staccò un uccello che, dopo aver disegnato nel cielo ampi cerchi, si abbassò fino a terra e venne a posarsi sulla mia spalla. Lo guardai sbigottito, ma lui mi tolse subito dall'imbarazzo perché cominciò a parlarmi con un tono calmo e sicuro: «Prendimi, Sirio» disse «hai sparato tanto ed è giusto che porti a casa almeno uno di noi. Non farmi del male ed io, se lo vorrai, stasera resterò a cena con te».

Era uno storno dalle penne lisce come seta, con lo sguardo buono, che parlava poco e diceva solo cose sensate.

A casa lo poggiai sulla spalliera di una sedia e, mentre preparavo un po' di cena, mi raccontò del suo mondo e mi fece qualche domanda sulla mia vita.

Scaldai dei fagioli con le salsicce, presi dalla cantina un fiasco di vino bianco che bevo soltanto nelle grandi occasioni e mi sedetti a tavola in sua compagnia. Mi accorsi che gli piaceva molto bere: ogni volta che immergeva il becco nel bicchiere socchiudeva gli occhi in segno di grande piacere, poi continuava a mangiare.

Mi parlò dei suoi lunghi viaggi assieme ai compagni, mi fece capire che quel volo circolare sopra la pineta serviva come consulto per decidere se proseguire il viaggio verso nord oppure restare in quella zona per altri giorni. Diceva che conosceva bene quei posti e che mi aveva visto altre volte passeggiare sulla riva del mare e nelle strade di campagna.

Parlammo a lungo. Fra una chiacchierata e l'altra venni a conoscere tutti i segreti degli uccelli e dei loro voli; mi pregò di non rivelare mai quanto avevo ascoltato. L'orologio a pendolo suonò la mezzanotte mentre lo storno stava succhiando l'ultimo bicchiere di vino. In due bevemmo quasi l'intero fiasco.

Alla fine mi accorsi che il grande uccello nero parlava a fatica perché gli si impastava la lingua. Lo pregai di restare a dormire e di ripartire all'alba, tanto ormai si era fatto troppo tardi e la notte era scura. Lo storno mi guardò, sorrise e mi cantò una canzone:

O uomo, o uomo, che sai della vita? Che sai del vento e delle dune di sabbia? Il cielo è sopra di te ma non puoi percorrerlo. Noi voliamo, voliamo silenziosi e sulla nostra rotta ci sono soltanto nuvole. Ascolta, ascolta la canzone del cielo che passa sulle nostre ali. È una canzone di piume profumate d'aria.

Ti è piaciuta questa storia? Ne ho tante altre che riguardano gli uccelli, e una alla volta te le racconterò. Una, in particolare, ti farà ridere e al tempo stesso piangere. Ma, vedi, risale a un altro periodo della mia vita in cui, a volte, come ti ho già detto, andavo a caccia.

Una mattina all'alba aprii l'uscio della capanna per andare a prendere un poco d'acqua alla fontanella e, mentre riempivo la ciotola, mi accorsi, guardando in alto, che sul pioppo scheletrito dall'inverno c'erano decine e decine di uccelli grigi.

Corsi in casa a prendere il fucile e la polvere, cercai i pallini, ma non li trovai. Ero ansioso, continuavo a cercare, ma non erano in nessun angolo della capanna. In un cassetto vidi un mucchietto di piccoli chiodi da scarpe. In mancanza d'altro usai quelli e incominciai a sparare. Gli uccelli non si mossero, rimasero immobili sui rami, come se dalla canna del mio fucile non fosse uscito niente. Misi altra polvere e un'altra manciata di chiodini, sparai di nuovo, ma non accadde nulla: gli uccelli grigi rimanevano sempre immobili come fossero stati finti. Li fissai intensamente per scoprire quale fosse il mistero che li rendeva invulnerabili, poi rientrai in casa, ricaricai il fucile aumentando la quantità dei chiodi. Gli spari si susseguivano contro degli esseri che non sembravano dare alcun segno di vita. Esauriti polvere e chiodi, il risultato era sempre lo stesso: sull'albero non accadeva nulla.

Allora mi arrabbiai davvero. Con l'aiuto di una scala salii sull'albero per vedere da vicino che cos'era accaduto. Provai a prendere con la mano uno di quegli uccelli e mi accorsi che era rimasto inchiodato al ramo. Sparando il primo colpo con la carica di chiodi, li avevo fissati tutti nel punto in cui si erano posati. Allora sai che cosa feci? Li lasciai lì, non ne presi neanche uno e discesi a terra molto turbato per quanto era successo. Erano tutti sui rami, inchiodati come Gesù sulla croce, e io ero il responsabile di quella crocifissione.

Mi vergognai profondamente e decisi che non sarei più andato a caccia. Lasciai gli uccelli sull'albero. Ogni giorno mi avrebbero così ricordato la brutta azione compiuta: erano lì per dimostrarmi che si erano fermati per riposarsi un poco da un lungo viaggio e io li avevo uccisi. Il pioppo con gli uccelli grigi rimase a lungo a testimoniare la mia cattiva coscienza.

Quando ti ho parlato dello storno che una sera venne

a cena a casa mia, ho dimenticato un particolare significativo, che allora mi fece molto riflettere. Anche adesso, a distanza di tempo, ripenso a quel momento: finita la cena, ci salutammo, lo accompagnai alla porta e lui volò sopra un leccio dicendomi che sarebbe partito all'alba.

La mattina dopo guardai fuori, non c'era più: sopra il davanzale della finestra trovai un fiore.

Come è dolce sapere che esisti
al di là della siepe

Forse non immagini, neppure lontanamente, come sia importante per me sapere che esisti al di là della siepe. Il tuo sorriso mi apre le porte del cielo ed io sono felice come non lo sono stato mai.

Sei così giovane, eppure comprendi già tutto della vita, nonostante il destino non ti permetta di vivere come tutte le altre creature perché sei malata e i medici non sono in grado di fare qualcosa per te. Se potessi, ti darei la mia vita, ma questo è impossibile. Sono ormai alcuni anni che ti vedo al di là della siepe, tuttavia la nostra amicizia è diventata così grande solo da poco tempo.

Ti ho vista per la prima volta due anni fa quando uscivi di casa, ma non osavo avvicinarmi alla siepe.

Poi un giorno ci salutammo e tu, sorridendo, mi domandasti del mio giardino. Allora, per continuare a farti sorridere, mi misi a parlarti delle lumache da corsa: ne avevo allevate una dozzina e le avevo abituate a correre facendo veder loro le foglie di insalata. Ti raccontai anche del mio serpente Giulio, e del vento che mi parlava scendendo attraverso la cappa del camino. Sono ormai un uomo maturo, ma non avverto il peso degli anni, in certi momenti mi sento come un bambino. È passato il tempo, ti ho raccontato tante storie, intanto tu sei cresciuta e sei diventata sempre più bella. Ho scritto un'altra poesia per te:

> *C'è un angelo che guarda vicino alla capanna. Cos'è venuto a fare se l'angelo sei tu? Forse vuol dirmi grazie per averlo invocato, forse vuol dirmi addio perché ora ci sei tu?*

Quell'angelo sei tu, adesso non mi sento più solo. Poi ho con me due gatti, il gabbiano ammaestrato e il serpente Giulio che non mi lascia neppure per un momento. Lo trovai nella foresta amazzonica quando era ancora piccolo e da allora è sempre vissuto con me. È buono come un bambino, da quando vive nella mia capanna non è mai stato sgarbato. Una volta, mentre dormiva sul pavimento, gli pestai la coda senza accorgermene,

Forse non immagini, neppure lontanamente, come sia importante per me sapere che esisti al di là della siepe.

lui fece un guizzo alzandosi da terra per il dolore, ma non reagì. Mi ha sempre difeso nel pericolo e consolato nei momenti difficili, ha curato la casa come un buon domestico. Per tenermi allegro ha persino imparato a fischiare, lo fa mentre lavora a maglia. Tenendo un capo del filo di lana in bocca e muovendolo con la coda, riesce a fare punti complicati che danno risultati eccezionali. Tutte le maglie e i calzini che indosso sono opera di Giulio.

Il compito che svolgc meglio è quello di infiascare il vino. Un mio amico contadino me ne regala tutti gli anni una damigiana e il serpente, contento come una pasqua, si mette subito al lavoro. Con la bocca succhia il liquido, poi facendolo passare lungo il corpo lo travasa nei fiaschi con la coda.

L'unico inconveniente è che anche a lui piace il vino: quando ha bevuto molto non si regge in piedi e continua a vagare da una parte all'altra della capanna. Il mattino dopo, quando si presenta al mio letto con il caffè, mi chiede scusa e piange come un bambino. Giulio è la mia compagnia; nelle lunghe sere d'inverno ascolta i miei pensieri davanti al camino, anche il fuoco non parla e tutto intorno è silenzio.

Un anno fa il serpente si innamorò di un pettirosso che veniva a beccare le briciole davanti alla porta. Quando sentiva il suo canto si allungava sulla finestra e dai vetri guardava quella piccola creatura con il petto rosso. La osservava, ma non aveva il coraggio di avvicinarsi, perché i serpenti sono timidi e sanno soffrire in silenzio. Vedi che cosa significa voler bene? Io te ne voglio tanto. Ascolta questa poesia di Pablo Neruda:

> *Ormai sei mia. Riposa col tuo sonno nel mio sonno, pura come l'ambra addormentata. Nessuna mai, amore, dormirà con i miei sogni. Andremo insieme per le acque del tempo e nessuna viaggerà con me. Solo tu, sempre viva, sempre sole, sempre luna.*

Non saprai mai tutto il bene che ti voglio perché le cose belle si tengono in fondo al cuore.

Il tuo sorriso mi regala ogni giorno un pezzo di vita, e io purtroppo non posso fare altrettanto per te.

Continuerò a crearti un mondo incantato affinché tu viva più a lungo, legherò fiori di carta colorati sugli alberi spogli perché sia sempre primavera per te.

Adesso ti lascio, perché l'orologio a pendolo ha già suonato le due della notte. Mi addormenterò pensando a te.

Interrompo la lettura delle carte di Sirio per lasciarmi andare ai ricordi che ho di lui, della sua bontà.

Sirio amava gli animali e la natura, ma soprattutto la vita. Qualche volta mi diceva: «Come è stato buono Dio con me: mi ha fatto correre nel vento a piedi scalzi, mi ha consentito di giungere fin sulla cima delle montagne, o alla fine della grande pianura dove il fiume taglia la terra. Mi ha fatto vedere la luce del giorno, il buio della notte, la pioggia, il vento e mi ha preso per mano ogni volta che mi stavo smarrendo. Con Lui sono arrivato lontano, ai confini del mondo».

Quando ero bambino e andavamo a fare lunghe passeggiate attraverso la campagna, Sirio si fermava spesso ad accarezzare i cani randagi e imitava il verso degli uccelli per chiamarli quando passavano a volo radente sui prati.

Ci fermavamo spesso, specialmente d'estate, a bere un sorso di acqua fresca a qualche fontanella di campagna, e in quelle occasioni diceva: «L'acqua è uno degli elementi essenziali della vita, è la vita stessa che sgorga chiara e pura. Le piante, gli animali, gli insetti e tutto ciò che ci circonda hanno bisogno d'aria e di acqua per vivere.

«Noi, invece, abbiamo dimenticato con il tempo questo elemento meraviglioso che San Francesco chiamò Sorella Acqua, siamo diventati sordi al richiamo della natura.»

Una volta, sempre durante quelle lunghe passeggiate, prese tra le mani una piccola lucertola infreddolita e impaurita e la riscaldò con il fiato, poi la rimise al sole sopra un muricciolo. Si vedeva dai suoi occhi, chiari, grandi, sorridenti, che era buono. Con Sirio sono andato lungo i viottoli di campagna, ma soprattutto ho percorso con lui il cammino della vita: quella lunga strada che passa in mezzo agli alberi, alle case, attraversa fiumi e torrenti, e si spinge lontano, oltre l'orizzonte del tempo.

A volte, a distanza di tanti anni, anche adesso mi fermo in mezzo ad uno di quei sentieri.

Mi inginocchio nella polvere e, poggiando l'orecchio a terra, cerco di ascoltare quelle voci che nel lungo spazio della vita sono state imprigionate al suolo, ma tutto è silenzio: anche le impronte rimaste nell'una e nell'altra direzione sono perdute per sempre.

Ho camminato a lungo per ritrovare i giorni perduti, per ritrovare gli attimi che avevo dimenticato. Credevo che avrei riprovato le stesse emozioni, ma tutto è apparso ai miei occhi diverso. Le aie dei contadini, che mi sembravano così grandi, erano piccole, le lunghe strade di campagna, bianche, erano brevi e anche le montagne, che mi sembravano giganti addor-

mentati, erano solo montagne da scalare e il lago incantato, paradiso dei nostri giorni senza confini, sembrava un piccolo stagno di pochi metri. Tutto quello che cercavo di ritrovare mi sembrava piccolo, infinitamente piccolo. Ho camminato tanto, ma di quei giorni lontani non ho trovato niente.

Siccome da ragazzo ero spesso triste, una volta Sirio mi accompagnò in un vecchio convento a Pietrasanta, la piccola, antica città che sta ai piedi delle montagne, dove viveva un frate francescano che pare parlasse con Dio e sapesse scacciare dall'anima gli spiriti del male.

Aveva un'età indefinibile, gli occhi azzurri e i capelli brizzolati. Era alto, magro, e aveva un nome curioso: si chiamava padre Povero. Veniva gente da tutte le parti per parlare con lui, per avere la sua benedizione. Faceva entrare una persona alla volta in un vecchio sgabuzzino del convento, dove a Natale allestivano il presepe, poneva loro una mano sopra la testa e bisbigliava parole incomprensibili.

Poi estraeva dalla tasca della tonaca un piccolo astuccio di legno in cui custodiva un pennello imbevuto d'acqua e con quello benediceva la persona che aveva davanti. Sirio mi disse che ogni tanto, quando il suo animo non era tranquillo, andava a trovarlo, e ogni volta tornava alla capanna più sereno.

Quel giorno portò anche me dal frate e lo pregò di darmi la sua benedizione. Lo fece accanto al muretto, sotto i platani dove ci eravamo seduti: tracciò con il pollice una croce sulla mia fronte, mi guardò a lungo con i suoi occhi azzurri, poi sorrise. A distanza di tanti anni rivedo ancora quel volto buono e sento la sua mano sopra la mia fronte mentre fa il segno della croce.

Quando ho qualche difficoltà o qualche dispiacere, penso intensamente a quel frate e mi rendo conto che mi aiuta, anche se adesso lui non c'è più. Come uno di quei viandanti del lungo sentiero della vita è scomparso all'orizzonte, e se mai c'è una via del cielo sono sicuro che ha imboccato proprio quella.

Il ricordo si dissolve e mi riporta ai fogli di Sirio: sono sdruciti, ingialliti, ma pieni di fantasia e la loro lettura è piena d'incanto.

In una giornata di vento ho visto
un uccellino colorato
e ho parlato con un pesce

Oggi tira vento, e che vento! Forte, di mare, di quelli che spazzano via tutto. Anche la mia capanna cigola. Gli alberi intorno si dimenano come ragazzi innamorati, il serpente Giulio trema come una foglia.

Tu non uscirai di casa perché fa troppo freddo, resterai alla finestra come me, a guardare fuori, e io non riuscirò a vederti.

Non potrò raccontarti le acrobazie di Giulio e del canto degli alberi, ma terrò tutto nella mia mente per domani, se il vento cesserà e ci sarà il sole.

Ho chiuso la finestra e la porta, ma il vento fischia attraverso le fessure. Che cosa vorrà il vento quando passa così forte sulla terra? Forse vorrà metterci alla prova, o dirci cose che nessuno sa. Che cosa vuole il vento quando passa ululando?

La grande pineta mormora, il mare è grosso, il cielo è pieno di foglie che volano, il fuoco nel camino si agita e giù dalla cappa annerita giunge il sibilo del vento.

È sera, il vento finalmente si è un poco calmato, il fuoco si è spento e nel silenzio ho scritto una favola per te:

> *In mezzo alla pianura c'era un vecchio albero che aveva la forma di una grande mano, con un ramo più lungo che, come un grande dito, indicava il cielo. Nei giorni di vento quella mano si agitava nel cielo perché tutti la vedessero. Coloro che passavano da quelle parti non potevano fare a meno di guardare in su, e così scoprivano che il cielo è lo spettacolo più bello del mondo, con le sue nubi, le piogge, l'arcobaleno, le stelle, la luna, il sole.*
> *Un giorno, nella grande pianura, passò anche Dio, e allora l'albero piegò il suo grande dito che indicava il cielo e rimase così finché Dio si allontanò.*
> *Adesso l'albero è ancora lì che indica a tutti il cielo.*

In quell'immensità silenziosa della notte, dopo un

giorno di gran vento, mi misi a sfogliare a caso un vecchio libro degli Indiani d'America. Sai che vivevano con i ritmi del cielo, della luna, del vento e della pioggia. Senti come sono belle queste parole. Le ha scritte Orso In Piedi, e sono sicuro che anche il suo strano nome ti piacerà.

I vecchi Dakota erano saggi.
Sapevano che il cuore di un essere umano che si estranea dalla natura si indurisce. Sapevano che la mancanza di profondo rispetto per gli esseri viventi e per tutto ciò che cresce presto lascia morire anche il profondo rispetto per gli uomini. Per questo motivo l'influsso della natura che rende i giovani capaci di sentimenti profondi era un importante elemento della loro educazione.

Gli Indiani, quelli veri, sono capaci di restare seduti nello stesso punto per ore e ore a guardare un albero oppure il cielo. Hanno dentro qualcosa di misterioso legato alla natura. Loro sanno, per esempio, quando cambia il tempo, proprio come gli animali, oppure quando sta arrivando un grande freddo o un grande caldo.

Ora ti racconto la storia dell'uccellino colorato:

Era una giornata chiara, nel cielo c'erano nuvole bianche e sulla terra il profumo dei fiori.

Quando viene l'autunno sembra che qualcuno stia per partire, e nel cuore si insinua una grande nostalgia.

Andavo a caccia con il mio fucile a bacchetta, con il sacchetto pieno di pallini e di polvere. Non mi era ancora accaduto l'episodio degli uccelli inchiodati. Camminavo nella pineta lungo un sentiero piccolo, stretto, cosparso di aghi di pino, delimitato da una parte e dall'altra da siepi di more. Quante ne ho mangiate da ragazzo! More e pinoli erano il mio cibo preferito. Lo avevo imparato dagli uccelli quando mi ero reso conto che loro, mangiando quei frutti, stavano bene ed erano sempre allegri.

Camminavo guardando in alto, sui pini, in cerca di qualche uccello, ma non ne vedevo neppure uno. Nell'aria c'era il profumo dei fiori di macchia, quel profumo intenso che si sente una volta all'anno, solo in questa stagione.

Scrutavo tra le siepi, tra i rami, ma di uccelli neppure l'ombra. Chissà dove erano andati?

Finalmente, dopo aver percorso il lungo viottolo della pineta, vidi sul ramo di un susino selvatico un uccello colorato: aveva la testolina gialla, il petto rosa, le ali verdi e la coda nera. Saltellava sui rami, cinguettava, si

Finalmente, dopo aver percorso il lungo viottolo della pineta, vidi sul ramo di un susino selvatico un uccello colorato: aveva la testolina gialla, il petto rosa, le ali verdi e la coda nera. Saltellava sui rami, cinguettava.

guardava intorno, si muoveva a scatti, sembrava felice di essere al mondo.

Mi fermai, caricai il fucile e pensai: «Come è stupido l'uomo, cammina tanto per uccidere un uccellino colorato!».

Poi, spinto da quella cattiveria che è dentro di noi e che ogni tanto viene fuori senza controllo, puntai il fucile verso la creatura. Prima di premere il grilletto feci una riflessione: «Perché io, Sirio, l'uomo della capanna che ama la natura, che parla con gli alberi, che ama il mare, il cielo, la terra e le stagioni, compio questo gesto? Perché sento il desiderio di sparare a una piccola creatura indifesa?».

Pensai a lungo, poi, quella parte misteriosa e cattiva che è dentro di noi, balzò fuori. Il mio dito indice schiacciò il grilletto, il colpo partì, ma la parte buona che avevo dentro venne fuori all'ultimo istante: allungai velocemente la mano, afferrai i pallini che erano appena usciti dalla canna e me li rimisi in tasca. Così l'uccellino fu salvo. Spaventato dal colpo, spiccò il volo. Udii le sue ali sbattere tra le fronde.

Per un po' stetti a guardare gli alberi e sorridendo esclamai: «Sirio, la parte buona che è in te ha avuto la meglio!».

Ripresi a camminare con il fucile in spalla, felice di avere salvato quell'uccellino colorato.

Ad un certo punto, dall'alto degli alberi, sentii delle

voci che in coro gridavano: «Bravo Sirio, bravo Sirio, così sì che sei bravo! Non lasciarti mai tentare dalla parte cattiva che è in te! Non puntare il fucile verso le piccole creature che non possono difendersi! Hai compreso, Sirio, qual è la verità? Non farlo più».

Mi guardai intorno, controllai i pini, a uno a uno, ma non c'era nessuno. Non ho mai saputo a chi appartenessero quelle voci, né da dove provenissero, però mi sono rimaste sempre impresse nella mente e, da quel giorno, credo di essere diventato più buono.

Camminai ancora, fino al fiume: l'acqua era limpida, il cielo vi si specchiava dentro. Dalla spalletta del ponte dove mi ero appoggiato, ad un certo punto vidi un grosso pesce con gli occhi chiari, immobile. Mi sporsi per vedere meglio e allora lui fece un guizzo, e fu subito a galla. Aveva la testa fuori dall'acqua, i suoi occhi mi fissavano, la bocca si aprì e uscì un vocione che sembrava provenire dalle profondità del mare.

«So tutto di te» disse. «So quello che è accaduto poco fa. L'uccellino colorato ero io, mi ero trasformato per vedere come ti comportavi. Sei stato bravo. Anche i vecchi pesci hanno un cuore tenero e sono desiderosi di vedere come si comportano gli uomini. Tu, salvando l'uccellino colorato, in realtà hai salvato te stesso.»

Dette queste parole, il pesce sprofondò di nuovo nell'acqua e scomparve nel fiume che portava al mare.

Quando ti racconterò a voce queste cose che adesso

scrivo, sono sicuro che sorriderai. Lo sai che sono felice quando sorridi, ieri però le tue lacrime mi hanno rattristato il cuore:

Ti ho vista piangere. Mi sono avvicinato in silenzio alle tue lacrime e ti ho chiesto perché, ma tu non hai avuto parole e le mie mani hai bagnato di pianto. Non hai voluto dirmi per cosa piangevi e ti sei chiusa nella tua stanza. Sono rimasto vicino alla siepe sino a quando è spuntata la luna.

Dopo una grande pioggia le rane
hanno cantato per te e io
ho bevuto il latte di lumaca

La notte scorsa il cielo è stato rotto da lampi e tuoni, le gocce sul tetto hanno cominciato a cadere sempre più fitte e una grande pioggia si è rovesciata sulla terra.

Tutti gli animali sono usciti dalle tane, l'inizio del giorno è stato come un miracolo di pioggia, la terra dopo tanto tempo di arsura cantava, i profumi della primavera si rincorrevano fra le gocce e gli alberi brindavano con il cielo.

Dalla finestra guardavo quel torrente d'acqua. Gli uccelli facevano il bagno felici. Avevo visto i passeri lavarsi le penne in una pozzanghera, ma mai tutti insieme come questa volta gioire sotto la pioggia.

Ma la cosa più bella accaduta nel mio giardino è stato

il coro delle rane che si erano radunate sulle foglie di una zucca gigante. Un ranocchio Maestro, grande conoscitore delle musiche del Creato, dirigeva il coro.

Prima di iniziare il concerto, il Maestro ha fatto un profondo inchino e, dopo aver gracchiato tre volte, con la zampa ha dato il via.

La melodia è incominciata. Dapprima dolcemente, poi, dopo brevi ondulazioni, si è fatta più intensa e ha assunto la maestosità di una grande esecuzione: sembrava il canto della pioggia, il canto del cielo. Sul più bello, però, è accaduto un fatto spiacevole che mi ha rattristato il cuore. Mentre le note scivolavano lente, il ranocchio Maestro, rapito dalla musica, ha sbagliato il movimento di una zampa, una rana ha perduto il tempo e tutto il coro si è fermato.

Il Maestro, per la vergogna, si è gettato in un rigagnolo d'acqua ed è scomparso.

Lo spettacolo è finito, le rane si sono dileguate e la pioggia ha continuato a cadere incessante sulla foresta.

L'ho capito dopo. Il loro era un canto d'amore che d'improvviso si era interrotto, e proprio per quell'amore il ranocchio Maestro, forse, è morto di dolore. Quante volte cerchiamo l'amore nella vita! A volte lo aspettiamo per tanto tempo e non arriva, altre volte ci passa vicino e non ce ne accorgiamo.

Mia madre mi diceva sempre che l'amore è il bene più grande della vita.

Tanti anni fa, la gente, prima di entrare nel bosco a cercare i funghi, si toglieva il cappello, si inginocchiava e recitava una preghiera.

L'ho cercato per lungo tempo, ma non sono mai riuscito a trovarlo. Così decisi di vivere solo, nella mia capanna in mezzo al bosco.

Adesso riverso in te tutto l'amore di una vita e amo di più anche gli alberi, gli animali, il mare e il cielo.

Ho imparato ad amare e a perdonare tutte le creature grandi e piccole del mondo.

La vita è bella, infinitamente bella, e quando la si guarda con occhi puri e senza turbamenti si può ascoltare anche un concerto di rane e parlare con gli uccelli e con gli alberi.

In quel mattino di pioggia scrissi una poesia:

> *Quando ti chiameranno dovrai attraversare una pianura immensa dove piove continuamente. Camminerai a lungo senza incontrare nessuno e dopo tanti giorni giungerai ai piedi di una montagna azzurra: sotto una statua velata di pioggia troverai l'amore ad attenderti.*

A proposito degli alberi, vedi quanti ce ne sono intorno a noi anche in questo bosco? Erano già qui molto prima della nostra nascita, e ci rimarranno quando noi non ci saremo più.

Credi che loro non conoscano tutto di noi? I nostri sentimenti segreti, la nostra vita, i nostri dolori? Stanno in silenzio, ma soffrono e gioiscono insieme a noi. Io sono sicuro che questi alberi, quando noi due parliamo vicino alla siepe, stanno in ascolto e forse sono felici come lo siamo tu e io. A volte sono tristi, non perché sono vecchi e malati, ma perché nessuno li degna più di uno sguardo.

Una volta sugli alberi della strada e del bosco salivano i bambini, giocavano sui loro rami ed erano felici. Oggi sotto le fronde si fermano soltanto i mendicanti per riposare un poco.

Tanti anni fa, la gente, prima di entrare nel bosco a cercare i funghi, si toglieva il cappello, si inginocchiava e recitava una preghiera. Oggi i boschi vengono deturpati dall'uomo, gli alberi intristiscono e muoiono prima del tempo.

Di notte, a volte, mi sveglio quando sento le fronde stormire nel vento, e allora mi tornano alla mente tutti questi ricordi. Dormo solo due o tre ore per notte, ma mi sento riposato ugualmente, perché alla sera bevo poche gocce di latte di lumaca che mi procurano una grande tranquillità.

Sai come faccio per avere il latte di lumaca? Il lunedì sera le mungo molto delicatamente e riesco così a ottenere una quantità di succo calmante che mi basta per tutta la settimana. Come sai, ho dieci lumache: tre sono da corsa, tre da passeggio e tre da latte. Una l'ho lasciata libera perché possa occuparsi delle altre e provveda a tutte le necessità della loro vita quotidiana.

Gli animali mi danno un grande aiuto ogni giorno, senza di loro non saprei come fare. Il gabbiano va a pescare il pesce nel mare, la gatta grigia ha il compito di curare il camino e il gatto bianco si occupa dei fiori. Passeggia nel giardino e nei prati vicini annusando l'erba e, quando trova un fiore, si ferma, lo punta come fanno i cani da caccia con gli uccelli, poi lo coglie e me lo porta alla capanna.

I fiori che ti ho donato in questi anni li ha trovati lui, camminando in mezzo all'erba e fra le siepi.

Non ti ho mai parlato dei miei canarini da solletico? Vedessi come sono simpatici; anche quelli sono una mia invenzione: mi servono per far sorridere tutti coloro che sono tristi. Volano sulle loro spalle e, con le zampine, incominciano a far solletico in varie parti del corpo, sino a quando gli occhi tristi di quelle persone si illuminano di un sorriso.

Ne ho già fatti volare tanti, e sono sicuro che hanno compiuto il loro dovere, facendo sorridere tante persone e forse anche qualche animale triste. Dicono che quando la felicità ci viene incontro non è mai vestita come noi pensavamo, e così chi vede i miei canarini rimarrà stupito ma alla fine sorriderà anche lui.

Bisogna esercitare le nostre possibilità, la nostra fantasia, per trovare la felicità che a volte è fatta di piccolissime cose. «Tu non hai che te stesso, mi dico qualche volta, perciò cerca di diventare la persona più fantastica del mondo, così non morirai mai.» Non c'è nulla di troppo piccolo né di troppo grande per un essere piccolissimo qual è l'uomo.

Da quando ti conosco, la mia felicità tocca il cielo perché posso raccontarti tutto, ma a volte mi domando che cosa pensi tu di me, del mio strano modo di vivere. Tu sei giovane e bella ed io, invece, sono un uomo con tanti anni sulle spalle che può offrirti soltanto un po' di fantasia.

Ormai sei donna, ma io non ho il coraggio di dirti quello che provo dentro, per paura che le mie illusioni svaniscano in un istante. Preferisco considerarti ancora una bambina e parlarti di qua dalla siepe. Sono passati tanti anni e tutto è stato così bello che ho vissuto un'altra vita dentro la vita.

A volte, il grande vento della brughiera passa impetuoso, sollevando la polvere dei lunghi viali e tu smarrisci la via del ritorno. Allora ti fermi ad aspettare il finire del vento. A volte la bufera è così forte che non sai più cosa fare e vorresti lasciarti portar via dal vento e andare lontano, lontano. Ma in quel momento di smarrimento una mano leggera stringe la tua e

Dormo solo due o tre ore per notte, ma mi sento riposato ugualmente, perché alla sera bevo poche gocce di latte di lumaca che mi procurano una grande tranquillità.

ti guida sulla via del ritorno. Quella mano è l'amore che è venuto per riportarti a casa, quell'amore sei tu.

L'amore non può essere profondo se non è puro e nessun amore è più vero di quello tenuto segreto.

Io, infatti, non ho parlato mai con nessuno dell'amore che provo per te, lascerò che il tempo passi senza parole, perché non c'è bisogno di parlare di un sentimento tanto bello. Ti ho già detto altre volte che le cose grandi si tengono nel segreto dell'anima.

Scusami se mi soffermo spesso su queste considerazioni, ma io sono fatto così. Da ragazzo mi chiamavano il poeta-filosofo, sai, fin d'allora parlavo di sentimenti, della vita, leggevo libri per trovare risposte ai miei interrogativi che ancora adesso, in età matura, mi pongo ogni giorno.

Ma tu hai bisogno di sorridere, altrimenti il tuo viso così bello si rattrista, e io non voglio. Ti racconterò di quella notte in cui, nella mia capanna, venne a trovarmi il monumento di Giuseppe Garibaldi. Era molto arrabbiato, perché aveva vagato a lungo senza riuscire a trovarmi. Voleva parlarmi urgentemente di fatti che riguardavano anche gli altri monumenti.

Mi raccontò delle sue amarezze, dovute al fatto che la gente era distratta e non lo guardava più come una volta. Anche le autorità lo trascuravano.

«Guarda come sono sporco» disse «da tre anni non mi lavano! Il mio cavallo, da bianco che era, è diventato nero, il mio volto è irriconoscibile. Tu, che sei una persona sensibile, devi assolutamente fare qualcosa per noi, devi occuparti del misero stato in cui ci lasciano languire. Io sono stato un eroe. La piazza dove mi hanno messo porta il mio nome, ma nessuno si ferma davanti a me, neanche i bambini mi degnano di uno sguardo.

«A volte, per attirare l'attenzione mi siedo sul cavallo alla rovescia, con il viso rivolto verso la coda, ma la gente passa indifferente e continua il suo cammino a testa bassa, come se si trattasse di un fatto normale.

«I nostri unici amici sono i piccioni che ci aiutano quando dobbiamo scambiarci dei pareri: volano da un monumento all'altro per diramare le notizie.

«Ho inviato uno di questi piccioni anche a te per avvisarti che ti cercavo, purtroppo sul cancello ha trovato solo una civetta che gli ha risposto che non c'eri.»

Dopo quella notte incominciai a visitare i monumenti nelle piazze dei paesi vicini e mi accorsi che erano veramente trascurati. Allora andai dai carabinieri della zona a chiedere il regolare permesso per poter parlare con loro, ma l'appuntato di turno, dopo aver consultato un grosso volume, mi rispose che non c'erano leggi in materia e mi mandò dal comandante. Lui, dopo avermi ascoltato con attenzione, disse che mi concedeva il permesso di comunicare con loro, ma a mio rischio e pericolo.

Allora mi spinsi ripetutamente a conversare con tutti i monumenti della zona, portando mazzi di fiori e qualche fiasco di vino. Con l'andare del tempo diventammo grandi amici. Imparai da loro molte cose che non sapevo prima.

Quando domani ti racconterò la storia dei monumenti sono sicuro che sorriderai e, forse, se il tempo lo consentirà, resterai fuori più a lungo.

Ti parlerò anche dei consigli che mi dava mia nonna quando ero bambino e mi insegnava la vita con le favole. Mi fece imparare ad amare la natura e a dire sempre la verità. Ogni sera cantava un'antica nenia accompagnandosi con la fisarmonica: era una ninnananna piena di saggezza. La voglio cantare anche a te:

> *Bambino, bambino, non dire bugie perché il fiume piange e il cielo ti ascolta. Bambino, bambino, la verità è figlia della vita e la verità più semplice è quella più lontana. Bambino, bambino, cammina con in mano una lampada accesa perché la verità è una luce nel buio della notte. Bambino, bambino, addormentati sereno perché la strada è lunga e la verità più semplice è quella più lontana.*

Tra le vele e il vento
ho conosciuto i misteri del mare

A che cosa pensi quando guardi il mare dalla tua finestra? Ti fa immaginare cose lontane e provare nostalgie per fatti che forse non hai mai vissuto? È il destino misterioso del mare che crea queste emozioni: i millenni, i secoli, il lungo tempo trascorso non hanno disegnato neanche una piccola ruga sulla sua fronte azzurra e le onde si muovono ancora come il primo giorno della creazione.

A me capita spesso di provare certe nostalgie, anche se il mio passato è carico di storie di mare. Ho incominciato a navigare a sedici anni, a diciannove ero già timoniere e girando il mondo ho conosciuto tutti i venti, so distinguere il movimento delle onde e la forza imprevedibile delle vele.

Una volta nell'Oceano Indiano ci imbattemmo in una burrasca talmente violenta che a bordo accadde il finimondo. Al timone c'era il mio secondo, ma il comandante volle che lo sostituissi perché la situazione era grave.

Quando giunsi nello spazio antistante la ruota del timone, rimasi impressionato perché fra la luce dei lampi mi apparve uno scheletro che pilotava il veliero.

Mi avvicinai e gridai forte: «Chi è là?». A quel punto una voce grave, affaticata, rispose: «Sirio, sono io, dammi il cambio, perché non ce la faccio più!».

Mi accorsi che quello scheletro era il secondo timoniere, il forte vento gli aveva strappato tutta la carne di dosso, lasciando soltanto l'ossatura del suo corpo. Si sedette per riposare e, parlando a fatica, mi raccontò che nella sua vita di mare non aveva mai incontrato un vento così violento, ma siccome i marinai, forti e generosi, non abbandonano mai il loro posto, era rimasto al timone sino all'ultimo.

Gli diedi il cambio e l'imbarcazione riprese a navigare con più stabilità. La potenza delle mie braccia non permetteva al timone di avere dei sussulti e delle variazioni di rotta. Il vento continuava a soffiare con una violenza inaudita e il comandante, preso dal panico, si era inginocchiato in un angolo a pregare: stringeva nelle mani la corona del rosario con tanta violenza e disperazione che i chicchi della corona facevano persino l'olio.

Il comandante si chiamava Tono, guardava sempre la linea dell'orizzonte, con quei suoi occhi chiari che sembravano lumi accesi nella notte. Era capitano di gran cabotaggio, figlio di calafati, cioè di coloro che costruiscono le imbarcazioni, conosceva il mare come la sua pelle scura.

A volte annusava l'aria e diceva: «Fra poche ore avremo vento e pioggia». Saliva sul cassero, la parte situata al di sopra della coperta, tra la poppa e l'albero di maestra, e gridava i nomi degli uomini dell'equipaggio, quasi volesse accertarsi che fossero tutti presenti prima che sopraggiungesse la notte. Era un uomo strano come il mare. Una sera mi chiamò sottocoperta e mi fece entrare nella sua cuccetta perché desiderava parlarmi e conoscermi meglio: «Perché ti sei imbarcato?» disse «Forse per guadagnare un po' di soldi, oppure lo fai soltanto per spirito d'avventura? Chi sei in realtà, da dove vieni, dove vuoi andare?

«Degli altri marinai so quasi tutto, ma di te conosco appena il nome: Sirio. È vero che è la stella più lucente del cielo che guida i naviganti, ma di te non so altro.

«Il veliero naviga verso terre lontane per caricare legname pregiato e la rotta è lunga e pericolosa. Nessuno è in grado di sapere se torneremo sani e salvi e quando.

«Ho passato un'intera vita fra le onde del mare, conosco tutti i suoi movimenti, i più lievi palpiti. Ma tu — ti domando ancora — che cosa cerchi, dove vuoi andare?

So che sei un bravo timoniere, me l'hanno detto al porto, so anche che la tua forza fisica è notevole. C'è bisogno a bordo di un uomo come te per un lungo viaggio come questo, perché incontreremo temporali, venti, piogge, tempeste. Tu sei il capo timoniere, ogni notte dovrai dare il cambio al tuo secondo.»

Risposi che mi ero imbarcato per raggiungere terre lontane, per andare al di là di quella striscia di mare che già conoscevo.

Il capitano Tono, che in certi momenti assomigliava ad un antico baleniere, una notte, mentre stava parlando con me vicino alla ruota del timone, fu colto da un attimo di smarrimento e mi indicò alcune stelle che non avevano una luce chiara.

«Vedi» disse «anche Sirio, la stella che si chiama come te, è nascosta dalle nuvole, ciò sta ad indicare che stanotte cambierà il tempo, si alzerà il vento e il mare si ingrosserà. Tu devi stare saldo al timone e non impressionarti se le onde sbatteranno con violenza nel fasciame dello scafo. Adesso prendi tu il timone, perché è la tua ora.»

Il comandante Tono, che aveva un grande timore del mare, ritornò sotto coperta; io diedi il cambio al mio secondo, soprannominato "Fortunale".

Da quel momento ero io soltanto che guidavo il veliero verso lidi lontani, sentivo aumentare dentro di me un grande fascino verso quel viaggio misterioso,

Il destino del mare è come un cielo aperto sull'infinito del mondo e chi naviga spinto dai venti delle tempeste va alla ricerca di quel cielo.

mi sembrò persino che il mare mi venisse incontro.

Il destino del mare è come un cielo aperto sull'infinito del mondo e chi naviga spinto dai venti delle tempeste va alla ricerca di quel cielo.

Mi parve di udire la voce dei delfini che affioravano dalle onde rincorrendosi e i gridi degli uccelli notturni che volavano bassi sull'acqua. Avrei incontrato certamente anche le balene che mi avrebbero riconosciuto e raccontato tante storie del mare. Tutti credono che loro provengano dagli oceani e non sanno invece che molte nascono nei nostri mari, e che forse non hanno mai varcato le Colonne d'Ercole.

Hanno il loro grande giardino sottomarino fra il Mar Ligure e il Mar Tirreno e lì vanno a morire, quando la loro vita è alla fine.

Una volta, mentre nuotavo nel tratto di mare davanti alla mia terra di Versilia, sentii uno strano calore ai piedi e mi accorsi che era causato dal respiro affannoso di una balena che mi seguiva a poca distanza. Facemmo un tratto di mare assieme, parlando del più e del meno, e lei mi spiegò un'infinità di segreti della sua vita. La balena, che era diventata mamma, mi disse che era stata a trovare la Balena Bianca che vive da centinaia di anni in una grotta in fondo al mare. Forse il mio veliero stava navigando proprio sopra quella grotta perché sentivo dentro di me un'agitazione strana a cui non ero in grado di dare una spiegazione: la Balena Bianca influenza ogni essere vivente che passa da quelle parti, anche questo fa parte del destino del mare.

Infatti dopo poco il cielo si rasserenò, le stelle tornarono a essere limpide, anche Sirio tremolava di luce, quasi fosse felice di indicarmi la rotta.

Il timone, nelle mie mani, non dava segni di cedimento, le sbandate causate dal vento erano come piccoli soffi per me, e le onde improvvise si impoverivano una dopo l'altra.

L'equipaggio dormiva: si udiva soltanto il tintinnio delle cime scosse dal vento. Nel buio del mare il veliero sembrava un fantasma in viaggio verso l'infinito.

Un giorno, mentre il veliero era ancorato in una rada nei pressi di un'isola, sotto il sole, mi tuffai per prendere un po' di fresco, sott'acqua mi accadde una cosa strana: mi addormentai.

Gli uomini dell'equipaggio, credendomi annegato, si tuffarono in quattro per cercarmi e mi trovarono che dormivo tranquillo sul fondo del mare. Mi svegliarono e tornai con loro in superficie, dove mi raccontarono che ero rimasto sott'acqua per più di due ore. Eppure stavo benissimo, il mio fisico mi permetteva questo e altro.

Sorridi di queste mie avventure? Ne ho passate tante, perché il mare è mutevole e imprevedibile. Un'altra volta, con un veliero a due alberi, ci imbattemmo in un temporale. Raffiche di vento e pioggia investivano il mio corpo con violenza ed io, senza cedimenti, continuavo a restare saldo al timone.

Sembravo come Gesù durante la flagellazione e, mentre il vento fischiava e la pioggia tagliente cadeva con sempre maggiore violenza, la mia mente pensava proprio a quell'immagine. A un certo punto, dall'albero di mezzana, il vento staccò un grosso crocifisso di legno che il comandante aveva voluto a bordo perché ci proteggesse. In silenzio, Gesù venne a darmi una mano al timone, proprio quando le mie forze stavano per cedere: era la prima volta che mi accadeva una cosa del genere.

In quel momento di tensione non mi resi bene conto dell'accaduto, non dissi neanche una parola di ringraziamento a Lui, che era sceso dalla croce per darmi una mano.

Il temporale dopo poco si calmò e il comandante, con gli uomini dell'equipaggio che si erano rifugiati sotto coperta, venne a ringraziarmi per aver ben governato la barca durante la tempesta. Il Cristo di legno era risalito sulla croce e nessuno si accorse di nulla.

Il giorno dopo arrivammo a destinazione. Mentre l'equipaggio caricava farina di pesce, io mi sdraiai sulla sabbia di una piccola spiaggia, vicino al porto, perché ero molto stanco. Mentre stavo per addormentarmi, avvertii un sibilo proveniente dall'alto e subito dopo mi apparve davanti il crocifisso del veliero che, con voce pacata, disse: «Adesso che tutto è passato devo farti una piccola raccomandazione: quando ti troverai di fronte al pericolo abbi più fede in me». Subito dopo il crocifisso svanì nel nulla e la spiaggia rimase vuota.

La notte del giorno successivo fu chiara, il cielo sembrava un grande colino con dietro un lume: ogni foro era una stella accesa.

Le vele frusciavano, la chiglia tagliava l'acqua, le strutture cigolavano: sembrava una ninnananna, la ninnananna del mare.

> *Dondola, dondola, nave bianca del desiderio, la notte durerà ancora per poco, il vento cesserà e dalle alte cime le vele caleranno. Ora addormentati, nocchiero, il viaggio è lungo e devi riposare. Dondola, dondola, nave bianca del desiderio.*

Verso la mezzanotte venne di nuovo a trovarmi il capitano: era sveglio, come ogni notte non riusciva a prendere sonno. Guardava in continuazione il cielo, quasi aspettasse qualcuno da lassù e, tra uno sguardo e l'altro, mi raccontò un po' della sua vita.

Ebbi l'impressione che fosse un uomo deluso, scontento. Per rasserenarlo incominciai a parlargli della mia capanna nel bosco, del mio giardino segreto, del camino, delle lumache da corsa, degli storni e dei due alberi che avevo sposato perché la capanna aveva diviso il loro grande amore.

Il capitano Tono mi ascoltò in silenzio, guardandomi con quei suoi occhi spiritati, poi sbottò in una fragorosa risata. Mi confidò che anche lui a casa teneva un pesce dentro un vaso, proveniente da mari lontani, che era molto intelligente e con il quale, nelle notti insonni, spesso parlava. Mi disse anche che, a seconda di come muoveva gli occhi, gli faceva capire come sarebbe stato il prossimo viaggio in mare.

«L'ho interrogato prima di partire» aggiunse «e i suoi occhi si sono messi a roteare all'impazzata. Non so che cosa abbia voluto dire, perché è la prima volta che l'ho visto così strano.»

Il capitano Tono smise di parlare e se ne andò in silenzio sulla tolda a guardare ancora il cielo.

La notte avanzava a grandi passi, il veliero solcava le onde di quel mare carico di leggende e di misteri.

Nei miei viaggi per mare sono approdato spesso in terre sconosciute che non erano nemmeno segnate sulle carte geografiche.

Scendevamo a terra, senza sapere che cosa ci aspettasse e, in qualche occasione, abbiamo corso anche dei pericoli.

Una volta, dopo un lungo cammino, giungemmo ai margini di una foresta in cui gli alberi erano bianchi con le foglie argentate che brillavano al sole come tanti cristalli.

Non appena ci addentrammo in quella cattedrale di legno mi sentii chiamare da più parti. Voci diverse, provenienti dall'alto, gridavano: «Sirio, Sirio, Sirio!».

Ci guardammo intorno e i miei compagni rimasero meravigliati che in quella terra lontana ci fosse qualcuno che mi conosceva.

Osservando attentamente fra i rami, vidi centinaia di pappagalli di tutti i colori che si agitavano per salutarmi. Ci fermammo ad ammirare quella scena, sino a quando uno degli animali volò sulla mia spalla.

«Mi chiamo Germiro» disse. «Vivo qui da quando sono nato, ma ho un grande desiderio di vedere l'Italia, prima di morire.

«Alcuni pappagalli, arrivati sin qui a bordo di velieri, mi hanno parlato spesso delle bellezze di Firenze, Venezia e Roma. Desidero ardentemente visitare la casa di Giacomo Leopardi a Recanati, e posarmi sulla siepe del colle dove scrisse *L'infinito*. Sono follemente innamorato di quella poesia che raccoglie tutti i desideri dell'umanità.»

A quel punto il pappagallo recitò ad alta voce la celebre poesia di Leopardi.

Sempre caro mi fu quest'ermo colle, e questa siepe, che da tanta parte dell'ultimo orizzonte il guardo esclude. Ma sedendo e mirando, interminati spazi di là da quella, e sovrumani silenzi, e profondissima quiete io nel pensier mi fingo...

Intorno regnava il silenzio e alla fine della recitazione gli altri pappagalli, per applaudire con le due zampe, caddero dai rami.

«Voglio venire con te, Sirio. Resterò in silenzio al tuo fianco purché tu mi faccia salire a bordo del veliero.»

E così Germiro abbandonò la compagnia degli altri pappagalli e venne con noi. A bordo fu accolto con simpatia anche dal comandante, che amava gli animali, e diventò amico di tutti gli uomini dell'equipaggio.

Purtroppo, la vita di bordo cambiò le sue abitudini ed incominciò a bere qualche bicchiere di vino e a fumare sigari toscani. Il viaggio fu lungo e il pappagallo continuò a fumare sempre di più, sino ad arrivare a cinque sigari al giorno.

Cercai più volte di dissuaderlo, ma ormai il vizio era più forte di lui e un giorno Germiro si sentì male e con la voce affannata mi chiamò: «Caro Sirio, avevi ragione, i sigari mi hanno fatto male e ora sto morendo. Ti ringrazio di avermi portato con te per farmi vedere l'Italia, ma questo mio desiderio non si potrà avverare. Ti prego di andare al mio posto sul colle dell'*Infinito* e di ammirare al di là di quella siepe tutto quello che potrai vedere. Salutami tutte le creature del tuo giardino e la capanna. Addio». Il povero Germiro cadde riverso sulla tavola di legno dove era appollaiato e non si mosse più.

Devi sapere, mia creatura, che il mare è come un grande padre: se lo ascolti con umiltà ti parla per insegnarti la vita, ma, nello stesso tempo, può tacere per non rivelarti tutti i segreti che nasconde da millenni.

Che cosa ne sappiamo noi delle sue immense profondità se nessuno ha mai potuto esplorarle perché forze misteriose lo hanno sempre impedito? Quali e quante civiltà sepolte ci saranno laggiù, dove l'acqua, di un azzurro intenso, nasconde i mondi come sotto un cielo buio?

Filosofi e poeti di tutti i tempi hanno scritto di un continente scomparso diciassettemila anni fa, forse nell'oceano, oppure nel Mediterraneo. Il primo a parlarne fu il filosofo greco Platone, che ne descrisse i monumenti, le città, la flora, la fauna, e così Atlantide divenne un mondo mitico e irraggiungibile.

Scusami se ti parlo di queste cose un po' difficili, ma è per farti capire che il mare, fra tutti i suoi segreti, ne nasconde uno ancora più grande.

Ho letto molti libri sull'argomento e ogni autore vede questo mistero in modo diverso. Per alcuni Atlantide è il continente delle chiavi perdute, la sua dimensione è tanto grande e vasta da non poter essere vista da occhi che non credono nel mistero.

Che cosa sappiamo noi di ciò che c'è laggiù, in fondo al mare, se non conosciamo neanche il luogo in cui andremo a finire quando ci staccheremo dalla terra? I miei pensieri ricorrenti sulla nostra vita sono sempre stati questi:

> *Nel lungo viaggio della vita, le strade che percorriamo sono spesso ripide. Solo con la saggezza si può trovare un tratto pianeggiante nell'azzurro del mare. E in quella immensità ci accorgiamo che prima della nascita il tempo era infinito e infinito resterà anche dopo. La tua vita non è altro che una piccola barca che naviga fra due eternità. Infatti la culla dove nasciamo ha la forma di quella barca che deve attraversare il mare.*

A questo punto dello scritto di Sirio il racconto si interrompe e ci sono tre pagine quasi bianche con alcuni versi di Pascoli e un fiore seccato. Si capisce che è accaduto qualcosa, come se una cascata in piena si fosse esaurita di colpo, lasciando intorno un grande silenzio.

...Non sai

per sempre

che voglia dir mai!

...Rispose:
non so che vuol dire?
Per sempre
vuol dire morire.

...Sì, addormentarsi la sera:
restare così come s'era,
per sempre!

Volli allora sapere che cosa era accaduto in quel punto e tornai perciò dalla madre di Serena in quella casa vicina al luogo dove sorgeva la capanna di Sirio.

Quando mi vide, provò di nuovo una forte emozione, mi fece accomodare nello stesso salotto dove alla parete c'era la foto della fanciulla bellissima dai lunghi capelli castani e dagli occhi azzurri: Serena.

Cercai di sapere dalla donna qualche notizia in più della figlia e lei, dopo avermi fissato a lungo, incominciò a parlare: «Serena ci ha lasciati quando aveva appena vent'anni e con lei anche il mio cuore è andato lontano. Si ammalò che aveva appena dieci anni di una malattia rara e incurabile che la costringeva a una vita piena di privazioni. Non poteva uscire di casa quando faceva troppo freddo, non doveva stancarsi, non riusciva a giocare.

«Era la nostra unica figlia, la tenevamo come un fiore e speravamo in un miracolo. Invece una mattina d'inverno se ne andò per sempre, lasciando dietro di sé una lunga scia di dolore. Quel giorno rimanemmo pietrificati. Mio marito non resistette e la seguì pochi mesi dopo. Ho pianto tutte le lacrime che si possono versare e non finirò mai di piangere. Sono rimasta in questa casa soltanto per lei, a custodire il suo ricordo: lei è andata in un altro mondo e un giorno sono sicura che la ritroverò.

«A volte, quando sono qui da sola a pensare, avverto il passo lieve di Serena e sento la sua mano che accarezza i miei capelli e mi sussurra: "Come stai?". Il suo sorriso illumina ogni giorno il mio cammino, la sento vicina e aspetto di vederla ancora accanto alla siepe mentre parla con Sirio.

«Nell'ultima pagina di un quaderno, che teneva sul comodino, aveva scritto qualcosa per l'uomo al quale aveva voluto tanto bene.»

La donna tacque e mi guardò a lungo negli occhi, poi si recò nella cameretta di Serena e tornò con il quaderno. Incominciò a sfogliarlo e, quando giunse a quella pagina, me la mostrò. C'erano le parole per un addio di Henry Scott Holland.

Non sono andata via, sono soltanto nascosta nella stanza accanto. Io sono sempre io, e tu sei sempre tu. Ciò che eravamo prima l'uno per l'altra, lo siamo ancora. Chiamami col mio nome che ti è familiare, parlami nello stesso modo affettuoso che hai sempre usato. Non cambiare il tono di voce, non assumere un'aria di tristezza. Sorridi, come facevi sempre, ai piccoli scherzi che tanto ci piacevano quando ci vedevamo. Prega, sorridi, pensami. Il mio nome sia sempre la parola familiare di prima. Pronuncialo senza traccia di tristezza, perché la vita conserva tutto il significato che ha sempre avuto. C'è una continuità che non si spezza, perché dovrei essere fuori dalla tua mente, solo perché sono fuori dalla tua vista? Ti sto aspettando in un posto qui vicino, proprio dietro l'angolo.

«Sirio quel giorno si chiuse nella sua capanna» aggiunse la donna «e per giorni e giorni nessuno lo vide.

«Non parlò mai di Serena, la portava con sé nel silenzio del cuore e, forse, avrà continuato a raccontarle favole.

«È entrato poche volte in questa casa, soltanto negli ultimi tempi, quando mia figlia non poteva più uscire all'aperto.

«Serena era per lui la fanciulla dolcissima della siepe alla quale aveva dedicato tutto il suo mondo fantastico.

«Sono sicura che, quando lei se ne andò, piansero

Sono sicura che, quando lei se ne andò, piansero anche tutte le creature grandi e piccole del giardino segreto.

anche tutte le creature grandi e piccole del giardino segreto.»

La madre di Serena tacque e si asciugò una lacrima che stava rigando lentamente il suo volto. La salutai stringendole forte la mano e come la prima volta me ne andai con il cuore affranto. Quelle pagine bianche corrispondono al momento in cui Serena se ne è andata per sempre, lasciando dietro di sé un dolore senza fine.

Dallo scritto di Sirio si capisce che ciò è accaduto all'improvviso come era segnato che accadesse, e di quel momento terribile non c'è scritto nulla: Sirio aveva preferito soffrire in silenzio, chiudendosi nella sua capanna, come aveva detto la madre di Serena.

Cerco di immaginare quanto accadde in quei giorni: l'uomo forse si era preparato al triste evento perché sapeva della malattia della ragazza da molti anni ed era a conoscenza di ciò che avevano sempre detto i medici: «Forse raggiungerà i vent'anni, se ci arriverà».

Ma Sirio sperava che ciò non accadesse. Aveva cercato di inventare storie sempre più belle, sino alla fine, per non farla morire. Invece Serena se ne era andata in punta di piedi e quelle pagine bianche sono più intense delle altre, perché sono bagnate di lacrime.

In quei giorni piansero anche gli uccelli, il serpente, le lumache da corsa, gli alberi, il cielo, il mare, i due gatti e il gabbiano ammaestrato, tutti e tutto. Persino il camino avrà pianto in quelle sere, e il vento non sarà entrato nella capanna per rispettare quel silenzio carico di dolore.

Sirio aveva perduto la sua luce ed era tornato ad essere l'uomo solo, giudicato un vagabondo bugiardo e ubriacone da chi non lo conosceva.

La sua vita invece era come quella del "Santo Bevitore" che nel profondo del cuore aveva conservato una grande onestà, una purezza d'animo come quella di un bambino.

Nessuno potrà mai immaginare quanto è accaduto in quegli anni nel suo giardino segreto e nella capanna vicina al mare.

La siepe era là, muta, con tutte le sue spine piantate nel cuore di un uomo che aveva voluto un bene così grande a una creatura dolce come Serena.

Forse Sirio in quei giorni avrebbe voluto morire, ma proprio lei, di lontano, lo avrà pregato di non farlo, perché un giorno l'avrebbe rivista.

Dopo quelle pagine bianche e quel fiore di macchia il racconto di Sirio continua.

Anche le formiche si sono accorte
della mia tristezza
e mi hanno parlato di Dio

Sono i primi giorni che esco. Ho tanto freddo dentro e, fuori, il giardino è così vuoto. Gli animali cercano di consolarmi, ma la mia tristezza è più forte. Però io continuo lo stesso a parlarti vicino alla siepe perché sono sicuro che tu sei lì ad ascoltarmi.

Oggi il freddo mi ha ghiacciato le lacrime e piangere non posso per te che non ci sei più. Aspetterò la sera e al fuoco del camino verserò lacrime, sino a che il vino non mi avrà annegato il cuore.

Stamani è venuta a trovarmi una formica e mi ha detto di seguirla perché mi avrebbe fatto assistere alla sua preghiera del mattino.

Le sono andato dietro nel sentiero del giardino e sono arrivato in un punto dove c'erano tanti piccoli buchi nella terra.

Centinaia di formiche si erano allineate su due diverse direzioni e il loro andirivieni formava la figura di una croce tremolante, disegnata dalle loro piccole forme.

Mi sono seduto per terra e ho ammirato quanto stava accadendo: la formica che aveva parlato con me era lì vicina e, guardandomi ogni tanto negli occhi, mi sorrideva: «Vedi» disse «questa è la preghiera che rivolgiamo a Dio. Siamo così piccole, eppure lo ringraziamo, perché sappiamo che Lui pensa anche a noi e ci fa trovare ogni giorno le briciole di pane.

«Sappiamo anche che quelle briciole per noi le hai messe tu nel piccolo viale del giardino, e per questo adesso ti siamo vicine, per non lasciarti solo.

«Questa croce è il segno della nostra fede e rimarrà così per tutta la durata della preghiera.

«A quest'ora del mattino, quando il sole è già alto nel cielo, noi preghiamo, e nel mondo ci sono tante croci come questa che palpitano sulla superficie della terra.»

Rimasi lì per tutta la durata di quella strana preghiera, mentre la formica che mi aveva accompagnato continuava a svelarmi i segreti del suo piccolo mondo.

Mi accorsi che i fili d'erba lì intorno stavano tutti dritti verso il cielo in segno di ammirazione per quanto stava accadendo.

La preghiera delle formiche continuò e fu per me di una durata indefinibile: era un mondo che non conoscevo e che non immaginavo esistesse. Di solito le formiche passano inosservate e spesso le calpestiamo. Eppure quelle piccole creature pregavano: la croce rimase lì per lungo tempo e man mano si ingrandiva sempre più con il sopraggiungere di altre formiche che si univano al gruppo.

Compresi che Dio era proprio dappertutto, anche tra i fili d'erba che stavano in ascolto. Forse, era anche vicino a me che stavo soffrendo.

A poco a poco gli animaletti si diradarono e la croce lentamente svanì: la preghiera era terminata. Quel giorno d'inverno andai a cercare un po' di consolazione nel vecchio convento francescano di Pietrasanta, dove un tempo abitava quel frate che dicevano parlasse con Dio.

Mi ricevette Maria, la donna che lo aveva assistito sino alla fine dei suoi giorni. Quando mi vide, si mise a piangere e mi parlò del frate che aveva lasciato dietro di sé una scia di pace e di bontà.

Diceva che lo sentiva vicino, che ogni tanto la chiamava con quella sua voce flebile, inconfondibile. Pensando che fosse tornato, posava ogni giorno sul tavolo della cella vuota un piatto di minestra calda e un bicchiere di vino.

Una volta sentì la sua voce che diceva: «Grazie, Maria, per aver pensato anche a me: credevi che avessi fame e mi hai portato la minestra calda e un giorno sei venuta con i calzini di lana perché pensavi che avessi freddo, altre volte ti sei inginocchiata ed hai pregato per me. La tua minestra e il tuo vino sono stati portati alla mensa del Signore».

Rimasi nel chiostro del convento assieme a Maria mentre il suo gatto bianco si rotolava a terra per farci festa.

La donna mi diede una piccola croce di filo di ferro: era una delle ultime che il vecchio frate aveva modellato con le sue mani quando stava ancora bene. Le regalava, assieme alla sua benedizione, a tutti coloro che andavano a trovarlo.

Il convento senza di lui sembrava vuoto. Anche l'armonium taceva. Si sentivano soltanto gli uccelli che cinguettavano appollaiati sul tetto.

Maria mi salutò, sorrise, e per un attimo ritrovai nei suoi occhi quella stessa pace che solo il vecchio frate sapeva infondere.

Sempre in quel giorno andai anche a trovare i miei genitori nel piccolo cimitero circondato dai cipressi. Mi rivolsi loro come se mi sentissero: «Dove sarete in questo giorno freddo, come starete in questi giorni di gelo, quando l'inverno accarezza la terra con le sue mani di ghiaccio?

«Penso a voi e mi domando se avete freddo in questo angolo sperduto del cimitero, se avete bisogno di qualcosa: una coperta di lana, un po' di minestra calda, un cappotto.

«C'è soltanto un lumicino fioco che rischiara la vostra immagine. Peccato che non possa sapere se avete bisogno di qualcosa, sarei felice di portarvi dei doni, come un tempo, quando tornavo a casa da lontano.

«Ho con me solo questi fiori colti nel giardino, hanno il gambo rigido, ma il loro profumo è dolcissimo. Come state? Non abbiate pena per me, perché sono sereno, non mi manca nulla.

«Ora vi saluto, me ne vado in punta di piedi per paura di svegliarvi. Dormite in pace in questo silenzio, fra poco sopra di voi si accenderanno le stelle per farvi compagnia.»

Mentre tornavo sentii vicino a me la presenza di Dio e, ogni volta che Lui si manifestava, rivedevo i tuoi occhi che erano di un azzurro infinito.

In quei giorni mi recai anche a trovare la Madonna del Sole. È in quella chiesa antica di Pietrasanta. Porto sempre con me la sua immagine perché sono sicuro che mi protegge.

Stringe al petto il suo bambino e le sue mani sono così piene d'amore che in quell'abbraccio sei coinvolto anche tu e non ti senti solo.

Le ho parlato di te e per un attimo ho visto nel suo sguardo i tuoi occhi. Quando sono tornato a casa mi è parso di sentire, lontano, un suono di campane.

Stanotte ho fatto un lungo sogno:
con un veliero bianco sono partito
per una destinazione ignota

Nel sogno, mi ero alzato all'alba, avevo dato un ultimo sguardo alla capanna prima di lasciarla per andare lontano, senza sapere dove.

Il giardino era tutto fiorito, gli uccelli cantavano sopra gli alberi, le piante si curvavano una dopo l'altra quasi volessero salutarmi. Dalla cappa del camino proveniva uno strano suono, le mie lumache da corsa correvano intorno alla capanna come smarrite.

Me ne andavo per mare a cercare nell'ignoto una luce. Ma perché partivo? Che cosa avrei trovato al di là degli oceani? Non mi bastava ciò che avevo vissuto in quegli anni? Le lunghe sere d'inverno vicino al fuoco, in compagnia della fiamma, la voce del vento che ogni tanto mi raccontava favole, gli splendidi mattini di primavera.

Dicevo addio a tutto. Alle pinete, al fiume, ai campi di grano, a quella strada bianca in mezzo alla campagna che portava lontano, lontano.

Mi vennero a trovare nel sogno anche la capinera, il pettirosso, gli uccelli di rovo. Il cielo si popolò di storni neri.

Quando chiusi il cancello dell'orto tutte le mie creature grandi e piccole mi dissero addio e la civetta, appollaiata sul tetto, mi gridò: «Torna presto!».

Mi allontanai con lo scarso bagaglio. Qualche lacrima mi rigava il volto. Nel cielo gli uccelli neri seguivano il mio cammino, uno di loro si abbassò posandosi sulla mia spalla: era lo stesso che in quella sera lontana rimase a cena con me.

«Io so perché parti» mi disse «nella vita di ogni uomo c'è sempre una partenza, un viaggio verso l'ignoto alla ricerca della luce, ma ricordati che quella stessa luce ti ricondurrà un giorno alla tua capanna. Addio, amico di una sera piena di verità, che il cielo sia con te!»

Dopo avermi salutato, lo storno volò via e raggiunse i suoi compagni. Mi seguirono sino al porto, mi lasciarono in consegna ai gabbiani che volavano quasi a pelo d'acqua. Nel sogno mi sembrava che si muovessero ancora più bassi, ancora più lenti: il loro volo era lieve come il vento.

Il veliero che mi attendeva era misterioso: tutto bianco, con le vele alzate, sembrava una visione.

L'equipaggio era pronto, tutta gente del posto come me, che aveva già navigato in passato, eravamo in dieci. Si partiva in quel mattino di primavera, verso l'ignoto. Il comandante era alto, scuro in volto, la barba folta, i capelli lunghi sulle spalle, gli occhi chiari e magnetici. Fummo subito stregati dal suo sguardo sin dal primo momento, e nessuno di noi parlò.

Prendemmo i nostri posti e di lì a poco una voce gridò di mollare gli ormeggi e salpare le ancore. Il grande veliero bianco si mosse e il viaggio incominciò.

Nel sogno c'era una voce che ogni tanto mi mormorava alcune parole:

C'era una volta un uomo
che coltivò un giardino in riva al mare.
Il giardino fiorì ma l'uomo se ne andò
per i mari misteriosi del destino.

Mentre uscivamo dal porto, raggiunsi il ponte di comando e da lassù guardai il paesaggio che lentamente si allontanava: l'arco dei monti, i paesi che stavano stretti intorno ai loro campanili, più in basso le grandi pinete scure e in mezzo ad esse la mia capanna.

Immaginai che in quel momento tutte le mie creature mi stessero cercando e provai un po' di nostalgia. Poi tutto diventò sempre più piccolo, la costa svanì a poco a poco.

«Issate la randa» ordinò il comandante. La sua voce era forte e squillante, più forte del vento, più forte del fragore delle onde.

«Issate la randa, controllate i pennoni di trinchetto!»

Le vele si riempirono di vento, un volo di gabbiani ci seguì per un buon tratto, poi a poco a poco i loro gridi si affievolirono e rimanemmo soli nell'azzurro del mare.

Il sogno continuava, tutto a bordo procedeva regolarmente, il mare era calmo e il vento spirava a favore della nostra rotta.

Il comandante, che all'inizio era parso brusco e nervoso, divenne cordiale, e tutto l'equipaggio viveva in perfetta armonia.

Io ero al timone, a bordo regnava una grande serenità, come mai era accaduto durante i miei precedenti viaggi.

Il cielo era pieno di stelle chiare e, guardandolo dal mare, sembrava ancora più infinito. Ripensai ai momenti più belli della mia vita: ai lontani giorni della giovinezza, quando vivevo ancora con mio padre e mia madre in quella casa bianca in mezzo alla campagna, con davanti una grande aia dove i contadini mettevano a seccare il grano dopo la mietitura e le pannocchie di granoturco.

Continuavo a guardare fisso nel cielo, dove ogni stella brillava e quel palpitare di mille luci pareva volesse tenermi compagnia.

Poi, a un tratto, il vento cessò, intorno scese un profondo silenzio e il veliero incominciò a inclinarsi leggermente a prua.

Poi, a un tratto, il vento cessò, intorno scese un profondo silenzio e il veliero incominciò a inclinarsi leggermente a prua. Mi accorsi che il timone non governava più, nonostante le mie mani fossero ferme e salde sulla ruota di comando.

La notte, senza luna, divenne inspiegabilmente chiara, mentre il veliero continuava a scendere come se stesse navigando in un tratto di mare in discesa.

Ero solo, l'equipaggio dormiva, ma non ero per niente allarmato: una grande serenità era entrata nel mio cuore, come se fossi stato al corrente di tutto ciò che mi stava accadendo.

Il veliero continuava il suo tragitto discendente, attratto da una forza incontrollabile. Guardai in alto: il cielo era sempre sopra di me, le stelle brillavano, ma l'imbarcazione stava seguendo una rotta sconosciuta, misteriosa.

Dopo aver navigato in discesa, non so per quanto tempo, finalmente le acque tornarono orizzontali e il veliero entrò in un'immensa grotta scavata nelle montagne in fondo al mare.

Navigò a lungo in quel tunnel, finalmente giunse all'uscita: una grande luce illuminò una baia di acqua azzurra e d'improvviso si aprì ai miei occhi uno spazio incantato.

A poche miglia si vedeva la terraferma, dove sorgeva una città immensa, circondata da foreste e montagne.

Sull'acqua della baia galleggiavano fiori di tutti i colori, piante strane con foglie grandi sulle quali si posavano uccelli simili a gabbiani. Pesci d'argento e d'oro guizzavano intorno allo scafo e accompagnarono il veliero sino al punto in cui si fermò.

Rimasi immobile davanti a quello spettacolo: ammirai la città, le foreste, le montagne. Il sogno mi aveva portato in un luogo misterioso, negli abissi marini, e non mi rendevo conto se fosse veramente un sogno oppure realtà.

D'improvviso udii un suono di campane provenire dalla città, sembrava un saluto festoso per il nostro arrivo.

Non appena il veliero fu fermo nella baia, l'equipaggio si svegliò, il comandante ordinò di fissare bene gli ormeggi e di scendere a terra.

La scialuppa percorse a remi lo specchio d'acqua azzurro e raggiunse la riva dove la sabbia era d'argento. Scendemmo, e ognuno di noi, sempre senza parlare, si mosse in direzioni diverse, come se conoscessimo quei luoghi da sempre.

Io mi incamminai verso la città attratto dai bagliori delle sue finestre che sembravano costruite di specchi. C'erano castelli e torri, le case erano antiche, i tetti aguzzi.

Lungo il cammino ero accompagnato dai colori splendenti di fiori che diffondevano nell'aria un profumo inebriante, mi apparvero fanciulle bellissime per tenermi compagnia e gente sorridente mi correva incontro per salutarmi. Non mi ero mai sentito tanto felice, così leggero, diverso.

Costeggiavo un fiume: sulla riva giunsero anche bambini che cavalcavano uccelli azzurri. Fui più volte accarezzato dalle mani del vento che ogni tanto si alzava dalle foreste che circondavano la grande città. Sentivo che la mia vita stava lentamente cambiando, tutti i pensieri svanivano, uno dopo l'altro, e la mente si riempiva di serenità. Intanto mi avvicinavo alla città: incontrai farfalle bianche che mi roteavano intorno accompagnate da una musica dolcissima proveniente dalla scogliera che dava sulla baia.

Mi accostai lentamente alle rocce e rimasi sbalordito: le onde, nel loro movimento di eterna altalena, trasportavano contro gli scogli degli strani pesci trasparenti, a forma di campanelle, che emettevano suoni argentini dando vita a un concerto fantastico.

I pesci venivano poi risucchiati dalla risacca e la cresta spumeggiante delle onde assumeva i colori dell'arcobaleno.

Spingendomi più vicino vidi che i pesci, dopo aver urtato contro le rocce, svanivano nell'acqua azzurra della baia. Suonavano una musica così bella, così diversa, che non riuscirei mai a far intendere agli altri.

Arrivai poi nei pressi di un albero solitario, dove un

uccello volò sopra il ramo più basso e mi faceva dei cenni con la testa, era un invito ad ascoltarlo: «Io sono l'uccello della felicità e dell'amore» disse. «Il mio compito è quello di rendere belle le fanciulle di questa città. Pesco perle meravigliose per farne collane rare come quella che porto al collo. È sempre così ogni volta che nella città sommersa accade qualcosa di straordinario.

«Ricordati che io sono l'uccello della felicità e dell'amore. Benvenuto in questa città in fondo al mare.»

Dopo queste parole tacque e io ripresi a camminare lungo la sponda del fiume che scendeva dalle grandi montagne ricche di oro, argento e pietre preziose che l'acqua trasportava a valle sotto forma di piccoli oggetti lucenti.

Continuai ad ammirare tutte le meraviglie di quel mondo così nuovo che mi si stava aprendo davanti agli occhi.

Vidi nel cielo nuvole bianche che andavano nella mia stessa direzione e sembrava mi accompagnassero nel viaggio e non sentivo nostalgia per nessuna cosa al mondo: ero felice come non lo ero stato mai.

Dopo aver camminato lungo il fiume e nella foresta dove ogni albero mi salutava muovendo i suoi rami, arrivai alle porte di quella città che doveva avere migliaia di anni: tutte le costruzioni erano antiche, le case avevano forme diverse dalle nostre, sembravano castelli incantati. Da lontano mi erano apparse come ce ne sono anche sulla terra, ma da vicino tutto era misterioso. Mi inoltrai per una strada che entrava in mezzo alla città e mi ritrovai in una grande piazza dove c'era un palazzo tutto bianco con una grande terrazza. Proprio lassù, mi apparve una fanciulla velata che mi fece cenno di salire. Gradino dopo gradino, la mia anima sembrò purificarsi e al termine di quell'ascesa finalmente giunsi sulla terrazza dalla quale si dominavano l'intera città, le montagne, le foreste, la baia.

La fanciulla mi venne incontro. Il suo corpo era esile, si muoveva leggera nel suo lungo abito di seta e la sua voce era dolce, dava tranquillità. Portava la collana che avevo visto al collo dell'uccello azzurro. Si fermò davanti a me, poi, con una voce che percepivo appena, disse: «Non temere, dovrai soltanto ascoltare le mie parole per conoscere il significato di questo incontro nella città in fondo al mare. Il tuo animo puro, il tuo amore per la natura e per gli animali ti hanno fatto giungere fin qui.

«Potrai rimanere in questo luogo solo per poco, ma sarà come un'eternità e troverai cose che sulla terra non possono esistere.

«Dopo aver visto e compreso questo mondo, farai ritorno alla tua capanna e racconterai ciò che hai provato: così tutti sapranno che la speranza non deve mai morire.

«Ti aspettavo, sapevo che saresti venuto, perché io sono tutto quello che hai cercato a lungo, con il cuore pulito.»

Mi sembrò, nel sogno, che la voce della fanciulla mi stesse aprendo tutte le porte della vita; i suoi capelli erano lunghi e chiari come il sole, il corpo esile e leggero, il suo viso era ancora velato.

In quel momento sentii ancora la voce misteriosa:

Nell'azzurro dei miei occhi c'è una strada
che porta lontano dove il vento ha parole
d'amore, dove il cielo ha stelle chiare, do-
ve l'amore è grande come una montagna.
Quella strada nell'azzurro dei miei occhi
è il confine tra la vita e l'eternità.

Il tempo accanto alla fanciulla velata trascorse veloce; passeggiammo in quel mondo sconosciuto che da millenni stava sotto il mare.

«C'è una valle chiamata Valle delle Voci» disse la fanciulla a un tratto «dove si possono ascoltare le parole di quelli che sono andati via dalla terra da lungo tempo.

«Devo accompagnarti in quel luogo, perché conoscerai la verità.»

Per arrivarci siamo passati attraverso immensi boschi di alberi pietrificati e abbiamo scalato una montagna dalle rocce azzurre. Lungo il cammino, stormi di uccelli neri che volavano alti nel cielo ci indicavano il tragitto.

In cima alla montagna azzurra, una statua scolpita dalla pioggia stava a indicare il punto in cui era possibile ascoltare le voci che si erano rifugiate nell'eco della valle. La fanciulla velata mi disse che sarebbe bastato gridare il proprio nome e subito qualcuno avrebbe risposto. Provai a gridare il mio e dopo poco ebbi la risposta: una voce di donna mi parlò a lungo, raccontandomi di un grande amore, immenso, infinito, durato per anni sulla terra. «Amai un uomo» disse «e anche lui mi amò, di un amore grande come il mare.

«Un giorno me ne andai dalla terra e giunsi sin qui, dove tutti i desideri diventano eterni.

«Mi accompagnarono, come io ho fatto con te, sulla montagna azzurra, gridai più volte il mio nome, e la voce rimase per sempre imprigionata nella valle.»

La fanciulla velata, che per tutto il tempo era rimasta in silenzio, si tolse il velo e disse: «Avrai capito perché ti ho fatto venire nella città sommersa. La voce della valle ti ha parlato e adesso conosci la verità. Io sono Serena, la fanciulla della siepe che hai tanto amato».

Avrei voluto abbracciarla, stringerla forte al mio cuore, ma nel sogno ero incapace di manifestare tutta la mia gioia. Avevo ritrovato Serena ma non me ne rendevo conto. Ero felice, emozionato, confuso.

«In cambio del tuo bene» disse «mi avrai sempre al

fianco, con tutto il mio amore, e ti sarò sempre vicina, nel bene e nel male. Anche se non mi vedrai, io sarò sempre con te. Adesso devi tornare alla tua capanna, perché le tue creature ti stanno aspettando e la siepe sarà tutta in fiore.»

Mi strinse forte al petto e mi baciò a lungo. In quel bacio i miei occhi si chiusero e in un tempo che fu lungo e di una felicità infinita mi ritrovai al timone del veliero bianco che tornava a casa. Quando aprii la porta della capanna udii un suono di campane e una farfalla dalle ali azzurre si posò sulla mia spalla.

Mi svegliai nel mio letto, di soprassalto, avevo il viso bagnato di lacrime, mentre l'alba incominciava a inondare il cielo di luce soffusa. Ripensai al sogno che avevo fatto e mi venne in mente un episodio letto in un vecchio libro: narrava la storia di un veliero che, tanti anni fa, improvvisamente sparì in una zona oscura del Mediterraneo. Lo ritrovarono molto tempo dopo: aveva le vele alzate, il carico intatto e ogni cosa al suo posto. Dell'equipaggio neppure un segno, c'era solo un uccello azzurro che cinguettava sul ponte di comando.

In quel libro c'era una frase:

> *I miti, le leggende e i sogni sono le più antiche cronache del mare. Dunque quei misteri e quei sogni, anche se in molti non ci credono, furono una realtà.*

Dopo quel sogno
cammino spesso sulla riva del mare
per cercarti

Da **quando** ti ho sognata, vado spesso sulla riva del mare e cammino in quella luce come se una mano mi guidasse. Ogni tanto qualche gabbiano segue i miei passi e vola basso sull'acqua chiamando a gran voce gli altri compagni. Ho sempre amato i gabbiani perché hanno un volo leggero e ci portano lontano con il pensiero.

Ieri, durante una delle mie lunghe camminate, ho incontrato un uomo molto anziano che, con un piccolo recipiente, versava in mare l'acqua rimasta nella sua barca dopo la pioggia: compiendo quel gesto dimostrava di non aver capito il destino del mare.

Più in là c'era un ragazzo che gettava fra le onde manciate di sabbia: mi resi conto che non sapeva che quella sabbia era stata portata lì dal mare.

Camminando ancora incontrai un bambino che raccoglieva conchiglie e poi le ributtava fra le onde, da dove erano venute: non aveva capito il messaggio del mare.

Infine, dopo aver percorso un lungo tratto di spiaggia, trovai una donna che stava ammirando le montagne: non aveva mai ascoltato la voce del mare.

Alla fine di quel lungo percorso incontrai un uomo seduto sulla sabbia tiepida che guardava silenzioso l'orizzonte. Mi fermai a parlare con lui e seppi che guardava lontano perché al di là del mare, diceva, c'era un altro mare: quell'uomo mi disse che ogni sera, al tramonto, Dio scende dalla montagna sulla riva, dove una sedia lo attende da secoli, a pochi passi dalle onde. Siede per riposarsi un poco e per meditare davanti al mare, prima di affrontare la notte. Nessuno può avvicinarsi a Lui in quel momento, e così rimane solo davanti a quella immensità.

Una sera, al tramonto, aspettai anch'io che Dio scendesse dalla montagna, lo vidi sedersi su quella sedia, come una persona qualunque.

Era un uomo molto vecchio, aveva l'aspetto di mio padre; infatti ognuno lo vede in maniera diversa, a seconda del bene che ha voluto al proprio genitore.

Io lo vedevo tutto bianco, camminare lentamente, leggero come una nuvola, chiaro come l'aria, sereno come il cielo.

Dio scende dalla montagna sulla riva, dove una sedia lo attende da secoli, a pochi passi dalle onde. Siede per riposarsi un poco e per meditare davanti al mare.

Vidi, così, Dio, di lontano, ma mi sembrò tanto vicino.

Provai una pace infinita e una dolcezza che non avevo mai conosciuto.

Il mare mi parve ancora più grande, e il tramonto di quella sera, mentre Dio sedeva sulla riva del mare, mi rimarrà negli occhi sino all'eternità. Quella sera mi addormentai al suono delle campane.

I gabbiani volavano ancora bassi sulla spiaggia, e qualcuno si posava sulla sabbia bagnata.

> *Un giorno sulla riva del mare scrissi parole sulla sabbia e ancora oggi tutti quelli che passano si fermano a leggerle perché nascondono un segreto. Solo le onde lo sanno e non le hanno cancellate.*

Parlo spesso con te, anche se non sei più vicina alla siepe a guardarmi con quei tuoi occhi chiari, grandi. Adesso sei lontana, ma ti sento ugualmente vicina al mio cuore.

Il grande albero di pioppo, che ci faceva ombra d'estate, si sta spogliando perché è in arrivo l'inverno, le ultime foglie sono le più grandi e hanno colori dorati.

Quando cadono emettono un rumore di vetri rotti e si lasciano portare via dal vento della sera. Ti ricordi com'eri triste quando vedesti cadere le foglie della quercia? Io ti dissi che non sarebbero morte, ci pensava il vento a portarle lontano.

Ieri pomeriggio ero seduto davanti alla capanna, ho gettato un sasso in una pozzanghera che si era formata nel giardino dopo la pioggia, ho visto tanti cerchi concentrici tremolanti, che si ingrandivano e poi scomparivano, e in quella pozzanghera ho letto la vita. Infatti, in quei cerchi c'erano la fanciullezza, la giovinezza, la maturità, la vecchiaia, le stagioni, gli anni, i mesi e i giorni.

Nell'albero e nella pozzanghera mi sono riconosciuto perché sono cresciuto nel bosco come un albero, i cui rami sono andati a cercare il cielo, e nella pozzanghera ho notato che c'era un cerchio più grande che li abbracciava tutti, si estendeva dal primo giorno di vita all'ultimo: era il cerchio dell'amore.

Ti ho parlato spesso dell'amore dicendoti che è una fonte chiara e inesauribile di riflessioni e di pensieri profondi che percorrono lunghe distanze. L'amore non può essere profondo se non è puro, se non è vero, e deve avere sempre per compagna la fantasia, altrimenti i cerchi nell'acqua svaniscono al primo colpo di vento.

Io sono sereno quando ti penso, perché tu mi hai detto che sarai sempre vicino a me: allora tutto mi sorride, anche la pioggia che in certi giorni cade incessante mi trasmette serenità.

È proprio vero che al di sopra di un grande amore c'è

sempre la meraviglia di un cielo stellato. Dio non aggiunge niente alla felicità di due che si amano, ma può regalare loro una durata senza fine.

Ora nel giardino è sceso il silenzio, ma io insisterò a parlare con te attraverso la natura, inventerò storie ancora più belle e gli alberi, gli uccelli e tutte le creature grandi e piccole ascolteranno, mentre tu continuerai a sorridere da lontano.

In inverno le foglie cadranno dagli alberi, il giardino rimarrà brullo, ma io legherò di nuovo fiori e foglie di carta sui rami e così sarà sempre primavera.

Adesso il vento sta accarezzando l'erba, il giardino ha mille riflessi d'argento che brillano al sole mentre si affaccia ogni tanto fra le nuvole.

Un giorno ti asciugasti una lacrima dal ridere perché ti avevo raccontato un'altra storia delle mie lumache, adesso sono io che mi sto asciugando una lacrima, ma non sorrido.

Quante volte mi sento sperduto e ritrovo la strada soltanto nel tuo dolce sorriso. Quante volte tornando di sera con la mente fiaccata dal giorno il tuo viso mi aiuta e la notte mi sembra più dolce. Quante volte nei racconti infantili mi trasporti lontano nel tempo fra dolcezze di piccole cose spesse volte perdute per sempre. Ora qui nel sereno tepore di una sera a caso fra tante, fra i racconti incantati del giardino fiorito d'inverno, ho capito che l'angelo buono e l'amore più grande del tempo son vicini al mio cuore per sempre senza chiedere nulla per sé.

In momenti come questi bisogna fermarsi in mezzo al bosco, ascoltare in silenzio la voce della natura.

Ti ricordi quando ti raccontai la leggenda della montagna? Diceva:

«C'era in Oriente una montagna alta come il cielo dove abitava la verità. Migliaia di persone avevano cercato di scalarla, ma solo in pochi erano giunti sulla vetta. E quei pochi avevano visto fiori di ghiaccio e uccelli dalle penne azzurre. E avevano visto una grande luce».

Di tutti quei giorni passati assieme vicino alla siepe, che a primavera si riempie di piccoli fiori bianchi, mi rimane una grande luce che continuerà a illuminare il mio cammino per sempre.

Come allora, adesso ti racconterò quello che mi è successo giorni fa, proprio qui, fuori della capanna.

Era quasi l'alba, dalle montagne già saliva una luce rosata, e io ero sveglio da tempo.

Pensavo. E mentre i pensieri mi portavano lontano, avvertii un pigolio fitto di uccelli che veniva da dietro la capanna. Mi affacciai alla finestra e vidi, nella grande siepe di camomilla che avevo piantato vent'anni fa, decine e decine di uccelli neri che beccavano i fiori gialli.

Allora mi vestii in fretta per portare loro qualche briciola di pane, ma nel tempo che impiegai per vestirmi e uscire di casa accadde una cosa curiosa: gli uccelli, dopo aver mangiato i fiori di camomilla, si stavano addormentando. Avevano movimenti lenti e non pigolavano più. Poi, a uno a uno, caddero dalla siepe e rimasero per terra addormentati. Forse erano uccelli ansiosi e avevano perciò cercato di rilassarsi posandosi sulle piante di camomilla. Dormivano tutti.

Stai sorridendo? È bello sorridere, vero? Il volto di chi sorride acquista una luce radiosa.

Adesso il serpente Giulio mi sta chiamando perché l'acqua nel paiolo sta bollendo e devo fare la polenta. Una volta ha provato a rimestarla lui con la coda, ma si è bruciato. Da allora ogni volta si arrotola in un angolo e vi rimane silenzioso fino a quando non rovescio il grande sole giallo sulla tovaglia.

Non ho molto appetito in questi ultimi tempi e mangio soltanto per sostentarmi, non mi piace nulla. Quando c'eri tu, invece, tutte le cose erano buone, un pezzo di pane condito con olio, aceto e sale era per me la cosa più saporita del mondo.

Ora la polenta è pronta e speriamo che il vento non la trasporti su per la cappa del camino, come è capitato altre volte. Non ho voglia di salire sul tetto per raccoglierla già divisa in quattro fette.

Cenerò assieme a Giulio, e quando spunterà la luna forse arriverà la civetta e le lumache correranno sotto il tavolo per tenermi compagnia. Il gabbiano fingerà di dormire, ma ascolterà tutto, e i due gatti, vicini al camino, spalancheranno i loro occhi tondi per osservare quanto accade intorno.

Le rane canteranno e nelle fronde degli alberi stormiranno i desideri di un'intera vita, il giardino si rivestirà di primavera e la siepe fiorirà.

Forse, tornerà anche il ragno acrobata a tenermi compagnia e gli storni voleranno sopra il tetto per salutarmi. Si sveglierà il vento per portarmi il profumo dei fiori non ancora sbocciati, le onde del mare frusceranno vicino all'uscio, come foglie cadute da alberi azzurri.

Si accenderanno le stelle nel cielo e la mia stella brillerà più di tutte. Nella capanna, durante la notte, entrerà a piccoli passi l'universo. Io ricorderò di aver navigato in mari sconosciuti, di aver ammirato orizzonti infiniti e di aver conosciuto l'amore.

Anche se mi addormentassi in quell'attimo, potrei dire di aver vissuto tutte le eternità del mondo.

Una sera d'inverno Sirio scomparve nel nulla. La capanna rimase vuota, il fuoco spento, sul tavolo una bottiglia vuota e un bicchiere, nella madia un pezzo di pane secco. Gli alberi erano silenziosi e nella siepe si era addormentato il vento.

Di Sirio non si seppe più nulla.

Forse si era incamminato verso il mare per ritrovare il suo amore.

Sorridi. La vita è come una siepe fiorita in una foresta di solitudine dove le foglie sono speranze, i fiori sogni, le spine i giorni tristi della vita. Sorridi. Perché le spine, una alla volta, cadranno e la siepe fiorirà ancora a primavera.

Di Sirio non si seppe più nulla. Forse si era incamminato verso il mare per ritrovare il suo amore.

INDICE

Finito di stampare nel mese di maggio 1995
presso lo stabilimento G. Canale & C. S.p.A.
Borgaro Torinese (TO)

Printed in Italy

32 ×
5 =
150 +
220
370 ×
4 =
1480

MEDITERENEAN CAFÈ
954·989·2224

CASHIER x LUNCH TIME
dalle 11 alle 15 da Mon to Fri
4238 Hollywood Blvd.
8$ all'ora

...incantata